DE LA MÊME AUTRICE

Attendre un fantôme, *Éditions Joëlle Losfeld, 2019*

Les parapluies d'Erik Satie, *Éditions Joëlle Losfeld, 2017 ; Prix Littéraire des Musiciens 2018 ; Folio, 2018*

un jour, ma fille
a disparu dans la nuit
de mon cerveau

stéphanie kalfon

un jour, ma fille a disparu dans la nuit de mon cerveau

roman

verticales

« L'enfant c'est par définition même que
nous le perdons.
Nous sommes en train de le perdre, il s'en
va, il ne cesse de partir, il est déjà parti.
N'est-ce pas la misère de l'amour ? »

Vladimir Jankélévitch,
Quelque part dans l'inachevé

J'ai perdu ma fille Nina la nuit du neuf novembre deux mille vingt-deux, date de son anniversaire. Pour ses huit ans, Paul et moi l'avions emmenée dans une fête foraine. Les stands étaient dressés sur le parking d'un hypermarché en périphérie de la ville. À l'époque se trouvait un chantier en contrebas et d'imposants travaux. Je me souviens des grues au long cou, d'une forêt immobile, de la joie de Nina quand elle a aperçu la Grande Roue. « Ce qu'elle a grandi, la petite ! » a dit Paul. Avant la naissance de ma fille, je ne connaissais pas la taille de mes rêves, je veux dire, leurs dimensions réelles. Grâce à sa présence, j'ai pu mesurer leurs étroitesses, leurs immensités et, parfois aussi, leurs inaccomplis. Nina tient entre ses mains mes forces vives : pour elle, je peux dépasser l'impensable.

— Allez viens maman !

Elle m'entraîne vers le stand de tir. Pour lui faire plaisir, Paul se met en tête de remporter le gros lot. Il pose le fusil sur son épaule en imitant un héros de western. Je ris, parce que ça lui va mal. Il a l'air d'un type qui s'est coincé du chewing-gum dans les dents, et pas vraiment d'un dur à cuire empestant le crottin, le désert et la virilité. Il nous regarde, puis tire un premier coup, un ballon rouge éclate : un point. La deuxième fois, je me prends au jeu, je ne regarde que Paul, il vise le ballon vert : deux points ! Il tire une troisième fois, dans le mille, le ballon jaune se déchire avec fracas mais sans panache, j'applaudis, je me retourne vers Nina, elle n'est plus là.

Ma petite fille n'est plus là.

Je cours, j'appelle, je nage à contre-courant de la foule électrique, je traverse des forêts de bruits, de jambes et de bras hirsutes, des gueules indifférentes ou horrifiées, des visages laids, gras, suintants, avec leurs yeux en forme de boules à facettes. Partout surgissent des monstres, des gens maquillés de rires exagérés, leurs voix larsen m'engloutissent… ils ne se poussent pas, les gens, ne me répondent pas, ils restent agglutinés en file indienne devant le train fantôme, ils veulent leur ticket pour le grand divertissement, mon cœur tremble tel un mauvais alcool dans le fond d'un verre, je les harangue et j'implore.

— Vous avez vu une petite fille : huit ans, brune, des couettes, un sac à dos vert, un jean ?

Je perds mon souffle, j'ai la nausée, je m'affole, je crie.

— Madame, s'il vous plaît, j'ai perdu ma fille… Monsieur, vous avez vu une petite fille, huit ans, brune, des couettes, un jean, un sac à dos ?… Nina !!!

Le visage de ma fille est fixé à l'horizon de mon crâne, cible terrifiante. J'accélère, me cogne aux stands pastiches mais personne ne me remarque, les gens me bousculent pour mieux voir à travers le rideau des corps, c'est l'heure du show avec ses fausses bagarres : ici le sosie de Johnny Hallyday tabasse celui d'Elvis Presley, bienvenue dans le grand débarras de la joie unisexe ! Je suffoque, j'ai peine à croire, j'ai peine à croire, à croire mes propres mots : j'ai perdu ma fille.

Une demi-heure plus tard. Peut-être moins. Je ne sais plus. Tout est flou. Je suis debout face à deux policiers. L'un d'eux prend un ton rassurant.

— On va vous la retrouver madame.

J'ai envie de le gifler.

Il nous demande d'attendre en retrait sur le bas-côté de la route, j'obéis, je distingue des uniformes au loin, ils posent des questions à des silhouettes sous les néons insomniaques. Paul se tient raide, hébété. C'est idiot, mais je remarque qu'il ne me prend pas la main. En fait c'est la seule chose dont je me souviens, cet acte manquant et nos corps immobiles. Le flic désigne le contour des arbres massés au loin dans le noir.

— On a mis en place deux équipes pour la battue, on va faire une fouille dans la forêt. Rentrez chez vous, on vous appellera.

Je n'oublierai jamais cette sensation d'alourdissement. L'image noire de la forêt sombre coule goudron dans mon cerveau, ma tête se remplit d'une matière que je ne connais pas, sans lumière. Autour de moi il y a de la vitesse, mais je me noie dans une lenteur spéciale, comment vous dire…

je suis aspirée par un irrésistible mouvement, vers un intérieur terne où les minutes s'égrènent, gigantesques et dilatées. Le seul mot pour décrire ce qui se passe, c'est : *épouvantable*. Je me murmure de petites phrases où m'accrocher en piquets de rappel, orpheline ritournelle : ce soir, la nuit est trop épaisse, comme la mousse au chocolat que j'ai ratée et qu'on n'a pas finie au dîner.

Retour à la maison. Maintenant Paul et moi sommes assis sur le canapé du salon. J'observe les morceaux du décor : les papiers cadeau jetés en boule sur le tapis, le jus de pomme délaissé sur la table basse, la banderole qui trône au-dessus de nous, « Joyeux Anniversaire ! », on dirait un pendu. En fin d'après-midi, Nina et moi l'avons accrochée ensemble, j'avais dû affronter mon foutu vertige en montant sur l'escabeau, elle avait tendu le bras pour me donner le rouleau de scotch, ses pieds tremblaient, hissés sur leurs pointes malhabiles, elle essayait d'être à la bonne hauteur ma trop petite Nina, j'entends son rire soudain, oh ! son rire, c'est une flûte enchantée, c'est Mozart. J'observe les partitions étalées sur le piano de Paul, le dénivelé des points noirs et blancs sur les portées, je revois Nina juchée sur les épaules de son père, avisant le salon avec ses yeux de géant pas sûr de soi.

Je ne peux pas dire si on s'est parlé avec Paul. Je ne crois pas. Nous nous tenions côte à côte, séparés par la même peur. Le sang circule en nous, oui, mais on ne sait plus à quel tempo. Il est une lave qui revient sans chaleur, tristesse âcre, poreuse, collante, coulant encore son fleuve de ciment dans nos veines. Je repense à la rivière au bout du jardin de la maison de maman, où j'ai grandi : cette eau noire dans la nuit, cette eau noire dans le jour. Est-ce le fleuve de mon enfance qui me traverse ? Les souvenirs qu'il charrie me figent dans une sidération liquide, et le bronze de pénombre ainsi coulé vient durcir dans le moule du même vocable : *épouvantable.* Décidément, ce mot s'infiltre dans ma gorge buvard qui n'absorbe plus. Ne peut rien avaler.

Paul se lève brutalement et claque la porte.

— Ne rien faire, ça me rend dingue !

À travers la fenêtre, le froid se lève d'un bond, comme Paul. J'écoute sans réagir le bruit du moteur, départ. Je me demande où mon mari est parti : avec son air de musique classique et son cœur mathématique, est-il bien armé pour retrouver Nina ? Il la cherche probablement au gré des rues en se persuadant qu'il va la sauver, lui, le chevalier-papa soudoyant l'inutile et fendant l'incertain. Je l'imagine hagard dans le hasard, roulant à la seule lueur de sa bonne étoile. Il écrase la nuit, mais elle ne diminue pas, la nuit, non, ici aussi. Aujourd'hui c'est l'anniversaire de Nina, une pensée couteau m'agresse, *mon Dieu, est-ce possible de mourir le jour de sa date de naissance ?*

Je m'en veux, tout est de ma faute : faire naître quelqu'un, c'est l'exposer au risque de mourir. Mes paupières me brûlent. J'entends qu'on frappe à la porte, je me précipite, ouvrir, non, rien, j'ai rêvé, personne, il n'y a personne hormis l'absence de Nina et la pluie qui commence : elle cherche à me tenir compagnie, la sotte. Je résiste, je trouve tout bête, je suis très en colère.

Assise sur le bord de son lit, j'attrape une peluche, puis un coussin pour y crier à m'en mordre la langue. Sur la commode bleu cyan, je remarque les yeux loupes d'Hector le poisson rouge, coincé dans son bocal. Il a l'air content de nager son ennui dans le sens des aiguilles d'une montre, puis en sens inverse, *croit-il qu'ainsi, il a changé de jour ?* Oh ce que j'aimerais changer de jour, revenir à la seconde avant que Nina disparaisse. Pour la première fois je réalise que ce poisson est rouge brique, et non orange. Il est d'un vif, vif, fille, fiv, vie… scrabble dans ma tête. Me voilà aussi coincée dans ma nuit bocal, et ainsi de suite, sans suite. Je prie tout bas un dieu inapparent : *faites que le poisson ne quitte jamais sa maison, faites que Nina n'ait pas quitté sa chambre, qu'elle revienne vivre une vie identique, faites que rien ne soit arrivé et que tout rentre dans l'ordre des montres.*

Quand Paul revient, il me retrouve debout devant la porte de la maison, empaillée. Je suis devenue un mannequin qui me ressemblerait, ma peau est un trompe-l'œil, du papier mâché collé sans soin contre le paysage de la ville. Cessation de vivre jusqu'au retour de l'enfant. Paul panique, tapote mes joues glacées.

— Hé qu'est-ce que tu as, qu'est-ce qui se passe ?…

Sous l'effet de ses mains tremblantes, par contagion je tremble aussi. Il pleure, je pleure. Tout cela ne me dit rien qui vaille, rien qui vaille la peine d'être dit. On dirait que l'horizon s'est hissé pianoforte sur nos lendemains sans chanson, nous abandonnant au néant. Autour, tout est blanc, je crois qu'il neige mais c'est une fausse impression : en se vidant de la présence de Nina, mes pupilles ont aspiré mes perceptions. Cette absence de lumière me fait office de regard, elle est ce qu'il me reste de ma fille. Un blanc. Efface. Maintenant. Les couleurs. Jusqu'à l'obscur. Et je porte cette éclipse en guise de lunettes noires. Elle projette devant mes yeux l'ombre de Nina, mais sans son portrait, une ombre paradoxale qui blanchit les points où je regarde et où ma fille n'apparaît pas. Malgré mes efforts, rien ne la fait surgir.

Ce soir je suis une marionnette à qui on enfile un manteau. Paul m'entraîne vers la voiture. Nos mains se grippent l'une à l'autre, conscientes de ne plus faire partie de l'ordinaire, nous avons basculé dans le domaine de la trouille. Alors nous restons ainsi côte à côte, à l'arrêt.

Je voudrais me lever mais mon cœur reste assis.

La sonnerie du téléphone. Voilà qu'elle retentit. Aiguë, acide, écrue, la sonnerie du téléphone. Paul décroche, ses yeux s'agrafent à la voix du flic, sa bouche grelotte tandis que son visage s'affaisse tel un masque en caoutchouc dont on aurait scié l'élastique. Il pince le coin interne de ses yeux et sourit, je comprends qu'ils ont retrouvé Nina. Je n'ose plus respirer de peur d'endommager la bonne nouvelle. Paul s'effondre dans sa joie ; sous le poids des sanglots, son front chute en avant contre le volant, je ne saurais dire s'il pleure ou s'il rit. Je devrais être soulagée moi aussi, mais quelque chose me retient, une prudence : avant de relâcher la tension, j'attends de voir ma fille. Je ne peux pas desserrer trop vite le moule de ma terreur. Paul ouvre brusquement la fenêtre et jette sur la ville un rugissement qui résonne jusqu'au petit matin. Un clochard lui répond en écho. Moi, je ne dis rien. Moteur, démarrer, la retrouver. La retrouver. La retrouver. La retrouver. Mon cœur balbutie.

Nous dépassons le parking de la fête foraine. Le jour se pointe au loin. Dans sa clarté à jeun, la découpe des stands évidés me fait l'effet d'une suite de carcasses. Je regarde le ciel. Paul me caresse doucement le visage, j'embrasse ses doigts, mes souvenirs m'entraînent à l'époque où nous attendions Noël grâce au « calendrier de lavande », l'âge tendre de ma fille. Lorsque je lui racontais une histoire, si quelque chose n'était pas logique, elle disait : « Maman, je trouve que l'organisateur des mots a mal travaillé. » Je souris, rien qu'à repenser à ces années courte paille où elle apprenait le sens des mots. Les sons faisaient bifurquer les définitions vers des ailleurs ou des proximités inédites, créant dans nos vies une autre vie, comme des lits superposés. Sa voix résonne à nouveau dans l'invisible : « Maman, pourquoi le matin, le ciel c'est une guimauve ? », « Et pourquoi le matin, j'ai des miettes de nuit dans les yeux ? », « Maman regarde ! Une étoile fumante… », « Je t'aime de tout mon cœur et si j'ai fini mon cœur, j'en achète un autre tellement je t'aime », « T'en fais pas maman, ma tête, elle est solidaire », « Je ne veux plus parler d'amour sinon je rêve de tristesse ». Sa voix me revient, me rend mon enfant, je ferme les yeux, j'essaye de la toucher de mes mains sans sommeil, la retrouver, la retrouver, mon cœur balbutie. Nous arrivons au commissariat.

On nous fait patienter le temps de finir « les tests médicaux d'usage », nous dit-on. Des professionnels sont en train de vérifier si ma gamine ne s'est pas fait violer. Cette perspective me coupe sec la parole, alors l'inspecteur s'adresse d'abord à Paul. Comparé à moi, mon mari paraît très solide, il utilise convenablement ses intonations, oui, il m'épate, je trouve qu'il fait un automate absolument sensationnel. La seule chose dont je suis capable pour l'instant, c'est de faire bonne figure. Par politesse, donc, j'imite les vivants, j'acquiesce au rythme des intonations de l'inspecteur qui déroule le récit des faits : Nina a suivi un chaton, elle s'est perdue dans la forêt, puis elle a tenté de rejoindre le parking de la fête foraine, mais elle a eu peur et s'est réfugiée dans les sanisettes d'un chantier où elle est restée coincée. Elle a dormi là. C'est un ouvrier qui l'a entendue appeler au secours et qui l'a délivrée, à l'aube.

Autant vous le dire tout de suite, je ne crois pas un mot de cette histoire. Je connais ma fille, ça ne lui ressemble pas.

À l'entrée du poste de police, les silhouettes des flics s'agitent en ombres chinoises. Leur chorégraphie du matin est parfaitement exécutée : cohue des mains aux machines à café, douleurs dorsales, jambes qui craquent, bâillements, griffonnages administratifs, Nina apparaît soudain tel un petit pop-up en relief fragilement appuyé contre la vie.

— Nina !

— Maman !

Ça va très vite, elle se précipite dans mes bras, son sourire devance mon âme, mais je m'arrête en plein élan, horrifiée par ce que je vois : son visage sale, ses cheveux ébouriffés, ses yeux terrifiés, mon Dieu, que lui est-il arrivé ? Paul nous enlace comme un ruban sur un paquet cadeau. Nous restons ainsi, serrés serrés tous les trois : unis, réels, une famille brisée.

Paul échange une poignée de main reconnaissante avec l'inspecteur, j'esquisse un sourire approprié… *elle est vivante, elle est là…* mais je garde en bouche le goût persistant de l'épouvante. Ma voix reste coincée, mes mâchoires se sont verrouillées, malgré la tension mes sensations ne répondent pas, au lieu d'intensité je me sens prisonnière dans un épais formol, anesthésiée. Pour les réveiller, je serre un peu trop fort la main de ma fille qui se cramponne à la mienne. Ça fait mal et ça ne fait rien. Je regarde longuement Nina, j'attends, mais ça ne fait rien, non. On dirait que j'ai capturé la main de ma fille mais que cette main s'est détachée. Je saisis ses petits doigts, mais je n'attrape rien du moment. Je tressaille, inquiète. Le temps d'une étincelle, ma vue se brouille. Coupure de courant. Douleur fine, quelque chose cède, mais quoi ? je ne sais pas. Je regarde ma fille, et je ne ressens rien. Le fil invisible reliant mon crâne à mon cœur vient de rompre sec, crac, ça casse. Je regarde ma fille, et je ne ressens rien. C'est horrifiant. Je ressens que je regarde ma fille, voilà c'est tout, et cette enfant puzzle tombe en morceaux. Effondrement. Face à elle à présent, je ne me sens plus du tout réelle. Debout devant son visage, je n'y vois qu'une esquisse représentant ma fille, j'ai envie de le rectifier comme quand je fais travailler mes étudiants aux Beaux-Arts. Lisser, gommer, restaurer, dégrader, insister, griser, hachurer, contraster cette matière et y déposer un souffle. Mes pieds ne touchent plus vie.

Tout cela, bien sûr, a lieu dans l'infime et sans bruit, entre Nina et moi. À travers son sourire préoccupé, je décèle qu'elle cherche ma douceur habituelle, mon attendrissement, peut-être aussi qu'elle vérifie que je suis bien vivante. Je devrais lui rendre son sourire pour la rassurer, mais je ne peux pas, je suis en colère, *pourquoi ?* À cause des élastiques bleu et jaune dans ses cheveux défaits. Ils me dérangent, ils m'agressent. Une nouvelle décharge me parcourt, un éclair fend mon cœur en zigzag, cinglant frisson qui laisse au passage la trace d'un petit rien, une rayure, un doute minime ramassé sur le chemin des événements, au bord de cette nuit. Ce doute déposé dans mon esprit, sans preuve, s'épaissit brusquement, *qu'est-ce que c'est ?... De l'étrangeté, oui c'est ça, de l'étrangeté !* Apparu à cet instant même, dans sa traîne de malaise, voilà qu'il pèse déjà en sourdine sur la musique de ma vie pour en baisser le volume jusqu'aux abysses. Il a déguisé sa voix dans la mienne, il cherche à se rendre indistinct et c'est ainsi, decrescendo, qu'il fait descendre d'un ton, puis d'un ton encore, la teneur du réel. L'usant jusqu'à le taire. Je manque de perdre connaissance, Paul me rattrape dans ma chute, je dissimule mon tournis.

— Ça va, ça va.

Il remarque enfin mon sourire sans joie et abrège sa conversation avec l'équipe du commissariat. Ses phrases me paraissent étranges, on dirait des moutons venus se jeter volontairement d'une falaise. Blottie contre moi, Nina attend que je lui parle. Impossible. Elle me fait peur.

— On y va ? annonce Paul.

Un silence nous accompagne jusqu'à la voiture. Interminable. Il prend doucement sa place dans notre famille, comme un toutou.

Je devrais m'asseoir à l'arrière à côté de ma fille, non ? Pas envie. Je la laisse reprendre sa place ordinaire, tout est normal, je rejoins la mienne, à l'avant près de Paul, *la place du mort*. Nous rentrons dans l'ordre, si ce n'est que de ne pas m'asseoir près de ma fille est un geste agressif. Nina le perçoit. Je l'observe par le rétroviseur : elle est déçue mais elle ne proteste pas. Je devrais être touchée par sa gueule d'ange, la manière dont cette petite fille attend tout de moi, eh bien pas du tout, elle m'agace. Je ne constate qu'une chose : mon cœur n'y est pas.

Comment est-ce possible et où est-il donc, alors, ce cœur ? Auprès de qui est-il donc, mon cœur, s'il n'y est pas ? Ce retour devient excessivement pénible. Je ne comprends pas pourquoi cette enfant traumatisée me perturbe autant. Je me retourne vers elle sans cesse, *pourquoi ?* sans arrêt je la regarde, *pour vérifier, oui, c'est ça ! pour vérifier quelque chose, oui mais quoi ?* J'étouffe, j'ouvre la fenêtre, une peur gelée me brûle la gorge, *d'où vient-elle puisque tout est fini ?...* Mes pensées s'engagent dans une valse dangereuse qui dit : *regarde bien, ce n'est pas ta fille !* Je porte la main à ma bouche, Paul ne remarque rien mais la petite assise à l'arrière, si. Elle a tout vu. Elle me fixe, anxieuse, pourtant ça la fait sourire. *Est-ce qu'elle le sait aussi ?...* Pour distraire l'anormal, je tends à Nina un carré de chocolat récupéré au fond de mon sac.

— Tiens, tu dois avoir faim.

Mon bras tendu est trop court, comme quand on se passait les morceaux de scotch pour accrocher les ballons de sa fête, sauf que ce matin, rien ne colle. Je dis, d'un ton faussé de mère :

— C'est tout ce que j'ai.

Nos mains se rencontrent, elle me remercie, n'empêche, aucun contact, nos peaux sont silencieuses, entre ma fille et moi ce n'est qu'un rien qui passe. Je suis déçue. Quand j'essaye de comprendre, j'achoppe sur une fourche logique : ou bien j'ai un sérieux problème, ou bien nos retrouvailles sont ratées. Je bute, oui, mais mon cerveau trouve une sortie et s'ouvre malgré moi vers une troisième voie d'explication : si je ne ressens rien, c'est parce que ce retour est une fiction. Contrairement aux apparences, je n'ai pas retrouvé ma fille !

Aussi extravagant que cela puisse paraître, aussi catastrophique pour moi dans ses conséquences, cette impensable réponse est la seule qui m'apaise. Je sais bien qu'elle ne correspond pas au dehors des faits : ma petite fille s'est perdue hier soir, un ouvrier l'a trouvée ce matin, nous rentrons chez nous, fin de l'histoire. Pourtant, j'en suis sûre, je n'ai pas retrouvé ma fille. Et cette possibilité m'attire et m'effraie. Je résiste à la suivre, elle ressemble au petit chat qui a entraîné Nina hier soir, elle est une vraie ténèbre ; y avancer équivaut à envisager que le soleil ne se lève pas demain. Ne se relève plus de cette nuit. Je songe aux *Nocturnes* de Schubert que Paul a tant travaillés au piano l'an passé. L'un d'entre eux ressurgit dans ma mémoire, avec ses chiffres hiératiques, D987, comme l'indication d'une départementale, ou plutôt d'une déviation d'itinéraire dont la mélodie viendrait recouvrir ce qui doit se taire. Cette musique m'apporte une autre nuit, plus vaste, un réconfort, un ciel protecteur à la manière de Turner quand il suspend la luminosité, suspend ma peur, *qu'est-ce qui m'arrive ?*, je suis émue au point de pleurer comme une gamine, Paul croit que c'est la joie des retrouvailles, ignorant qu'au contraire, c'est à cause de leur non-lieu.

Pour me consoler, la petite fille revenue de la nuit pose sa main sur mon épaule, je la saisis mécaniquement : elle est fraîche et potelée, mais ce geste ne suffit pas à dissiper mes doutes. On pourra bien me dire que cette enfant a gardé son visage de la veille, que sa voix désordonnée reste inimitable, que cette pâleur dans les yeux c'est tout elle, comparer ne mène à rien. Ce dont je parle se situe loin, bien loin des images.

Je suis professeure de peinture aux Beaux-Arts de Paris, j'ai l'œil, je sais identifier mon enfant comme un artiste reconnaît les différences entre le tableau qu'il a peint et celui qui a été parfaitement recopié par un faussaire. Les anomalies, les erreurs du copiste, aussi subtiles soient-elles, sautent aux yeux du peintre car il est lié à son œuvre par une inaliénable familiarité. Cette intimité se trouve à la fois dissoute et incorporée aux souvenirs de sa fabrication. Ainsi, par le temps passé à chercher des couleurs et des zones, par les rêveries associées au tableau, le peintre authentifie sa toile. Il en connaît par cœur les recoins de luttes et de découragements, les éclats, les trouvailles, le repos qu'il aura laissé ici ou là dans la matière, l'acharnement qui l'aura tenu vaillant dans les veilles et les aurores. Lui et son tableau partagent une histoire qui leur appartient, inimitable. Je parle de cette attache qui, à mon sens, est la chose du monde la plus fragile et la moins falsifiable. Moi, c'est ainsi que je connais ma fille. Je la connais sans faute et les yeux fermés. Je discerne ses rythmes et ses ombres, ses silences, ses absences, ses omissions, je peux l'authentifier, mais pas ce matin. Telle qu'elle est revenue, ça me saute aux yeux, je ne vois que cela, les erreurs du copiste. Je suis peut-être la seule à les distinguer, d'accord, mais ça n'altère pas la vérité : *ma* Nina, *la vraie*, n'est pas rentrée. Certes, la police l'a « certifiée conforme », Paul également et tous ceux qui autour de nous connaissaient notre fille se laisseront berner. Certes, cette enfant assise à l'arrière de notre voiture porte le visage de Nina : elle est attendrissante comme elle, mais c'est une imposture. Je le sais aussi vrai qu'elle vient d'avoir huit ans et que je suis sa mère. Je le mesure au fait que mon cœur, en sa présence, ne sourit pas. Paul m'attrape la main, je sursaute, il soupire, entrouvre sa fenêtre, l'air glacial s'engouffre à nouveau. La tristesse aussi.

L'enfant s'est endormie tandis que l'aube se réveille doucement, les rues virent au bleu Picasso. Aimanté par le pare-brise, le givre détoure les limites de la visibilité, créant un surcadre blanc où la route avance en petits polaroids. *Pourquoi tout me parle si intensément de la vie ce matin, mais d'une manière inachevée?* Sur les joues de Paul sont apparues des hachures de fatigue, de petites plaques mauves peintes au couteau par la lumière. J'aime le regarder. Je pose ma tête sur son épaule. Nous sommes deux zombies épuisés. Il conduit beaucoup trop vite, sans doute veut-il semer la frousse, un radar nous flashe, je souris: drôle de photo souvenir!

Paul doit reprendre trois fois son créneau pour se garer. Il extirpe Nina sans la réveiller, nous rejoignons à pas feutrés l'entrée de notre maison. Je marche derrière, hypnotisée par le corps de Nina qui pend sans fil sur l'épaule de son père. Je réajuste son petit blouson. J'ouvre la porte, Paul franchit le seuil mais je reste bloquée face à la banderole « Joyeux Anniversaire » qui nous accueille, multicolore.

Son anachronisme sous-titre la nuit passée avec des mots désormais interdits : je ne pourrai plus jamais associer l'anniversaire de ma fille au mot « joyeux ». Choc. Mon Dieu… il est seulement dix heures du matin et je ne sais plus quel est mon rôle.

Paul borde Nina soigneusement dans son lit, je ne les rejoins pas. Je prépare du café dans la cuisine, prenant soin de ne pas déranger, de ne pas faire de bruit, comme si je n'étais pas chez moi. C'est grotesque. J'ai la trouille de casser quelque chose, de casser tout court. Je devrais être contente, non ? Eh bien non, tout me contrarie.

Quand Paul me rejoint, il surprend mon désarroi, pas envie de parler. Pour lui échapper, je dis d'un sourire sans réponse :

— Je vais la voir.

Mais je n'y vais pas. Je file me cacher sous les draps, telle une lettre impossible à décacheter. Paul me rejoint, se colle à moi, son corps est chaud, calme, je sens son haleine de café, il m'enlace, rapidement ses tensions lâchent, il est emporté par une autre étreinte pétrie par la douleur de cette nuit blanche et le souvenir de la mort frôlée. Moi je ne dors pas. Non. Fini. Impossible de replier cette soirée d'effroi à la façon d'un mouchoir usagé. Du noir se remet à couler dans mon crâne, je reconnais son odeur de rouille, elle imprègne ma salive d'une saveur spéciale : celle du malaise.

J'aimerais raconter mon expérience sans tricher, suivre le déroulé exact où mon cerveau a placé les faits. Déplier mes souvenirs origamis pour en soulever les coins, les disparus et les apparents. Pour cela, je dois parler de justesse, à tâtons, dans cette hâte sans hâte située juste avant l'oubli. Pas le choix. Je n'ai accès à ma mémoire que par un interstice fragile et opaque, le reste du temps je vis sous la tyrannie du décompte éphémère de ma lucidité. Je suis prise dans la fièvre de visions claires qui vont s'éteindre ou se corrompre, passagères comme la vie. Mais je vais tenter de tout décrire, éclairée seulement par ce liseré de jour où se réduit ma conscience provisoire. Des années après les faits effacés, avec un « je » comme pinceau, voici donc l'autoportrait le plus honnête que je puisse faire de ma biographie.

La plupart du temps, ce qui est difforme ou excessif n'est pas tolérable au regard des autres, tant pis, je ne peux rien y changer, mon histoire est faite d'une matière taboue. J'espère que Kafka avait raison quand il écrivait : « Tout ce que tu aimes sera probablement perdu, mais à la fin, l'amour reviendra d'une autre façon. » Cette autre façon, c'est peut-être ce que je m'apprête à raconter ici. Cela ne tient pas dans les mots. C'est un bégaiement sans ciel adressé à ma fille, maintenant que je suis enfermée dans une chambre où on m'a exilée après procès. J'aimerais qu'elle comprenne d'où vient cette nuit sans ombre où j'ai glissé, sans elle, pour elle, avec elle.

Ce qui s'est passé aurait pu se produire avec n'importe qui. Personne n'est à l'abri du sentiment de singer sa vie, ou de désirer celle d'un autre. C'est si difficile de savoir jouer son propre rôle. Shakespeare écrivait : « Donnez à l'homme un masque et il vous dira la vérité. » Avez-vous déjà vécu cette étrange secousse liée au sentiment de ne pas vous reconnaître dans votre vie ? Non pas d'en être le personnage qui s'observe ou se met en scène, mais plutôt que la vie qui vous entoure, les gens qui vous entourent, ne sont pas vrais. Sont des contrefaçons. Que votre vie, oui, n'est qu'une copie zéro de votre vie, ou pourrait-on dire une copie témoin ?

C'est ce qui m'est arrivé. Mon existence s'est réellement transformée en pellicule de cinéma. Au lieu de prendre en épaisseur, les personnes réelles que je connais se sont aplaties. Et le noir et le blanc, comme le vrai et le faux, se sont inversés. Tout ce qui me paraissait vivant a pris l'allure d'un automate. Durant des mois, ma maison, mon emploi du temps, mes habitudes, mes proches, sont passés dans la doublure cinémascope de ma vie. Moi-même, aussi concrète que je croyais l'être, je me revois entrer dans la peau d'une héroïne d'un film du dimanche soir. Je suis devenue un être exagéré et hypersensible, parce qu'en quelques heures d'anniversaire, je me suis réveillée dans un réel qui ne me ressemblait plus. Je m'accrochais désespérément à la faible temporalité de mes certitudes, mais elle n'éclairait plus devant moi. Sa lueur correspondait à ce que je ressentais de ma fille. N'être plus reliée à elle, c'était habiter dans une décalcomanie bâclée. Je ne savais plus comment sortir de la chambre noire de mon esprit, il me harcelait en me répétant : cette enfant est un plagiat.

D'habitude, dans les contes pour enfants, les méchantes mères demandent : « Miroir, mon beau miroir, dis-moi qui est la plus belle. » C'est ainsi qu'on situe son identité. Moi, je demandais : « Miroir, mon beau miroir, dis-moi qui est en face de toi. » Si on m'avait dit : « Un jour, tu seras persuadée que ta fille n'est pas ta fille et qu'une étrangère a pris sa place », j'aurais éclaté de rire. Quelle farce ! Mais dans la réalité, les choses ne se déroulent pas ainsi, simplifiées jusqu'à l'absurde, amputées, aberrantes. La bascule est progressive, plus nuancée, elle est le résultat d'un long mouvement d'infiltration, un goutte-à-goutte du soupçon sur la vie intérieure, un travail effréné de la mémoire et du sentiment, glissant contre leur propre panique. Les familles sont fragiles je trouve, comme les châteaux de cartes. Il suffit que quelques neurones cessent de jouer leur rôle miroir pour que la familiarité qui nous lie aux autres s'évanouisse. J'ai cru que c'était la nuit qui avait englouti ma fille, mais cette nuit avait eu lieu en moi. Mon cœur était juste, mais mon cerveau avait faux.

Les jours qui ont suivi le drame sont à l'image de nos retrouvailles : Nina et moi, nous sommes dépareillées. Il est trop tôt encore pour que j'identifie le trouble dans lequel cette enfant me met. Ce qui ne trompe pas, c'est ce malaise qui nous accompagne constamment, une gêne renouvelée par mille et un détails, tous ces décalages inattendus dans son comportement. Depuis son retour, elle est bizarre, elle *jure* dans le décor. Par exemple, hier, je l'ai surprise devant sa penderie, perplexe et un peu gourde, ne sachant quel vêtement choisir. En temps normal elle adore s'habiller, et là, on aurait dit qu'elle n'osait pas. Comme si elle n'était pas vraiment chez elle, ou pas vraiment autorisée à l'être. À présent, ses hésitations sont de plus en plus fréquentes, elle me demande sans cesse où sont les objets usuels, il lui faut mon accord pour exécuter des choses simples, c'est très inhabituel. Elle semble ignorer les règles de notre vie de famille et tout faire pour le cacher. Je dois lui rappeler ce qui est permis et ce qui est interdit, tout reprendre de zéro, c'est très déroutant. Autre détail bizarre : elle prend des bains quasi froids. C'est en la retrouvant assise dans l'eau gelée que j'ai commencé à m'inquiéter. Elle était recroquevillée contre les parois de la baignoire, les genoux enlacés, absorbée dans la contemplation des mosaïques du mur de la salle de bains, elle écrasait son index contre les joints des petits carreaux verts, pressant les gouttes pour les faire couler le long de son poignet, sans respirer. Avant, je n'aurais pas donné plus d'importance à ce geste : tous les enfants aiment laisser traîner leur imagination contre les parois, les fenêtres, les entailles inégales des plafonds. Mais pas en grelottant : quand l'eau refroidit, ils appellent à l'aide. Or Nina reste calme, repliée, hors temps. En m'approchant, je remarque une anomalie : un petit hématome bleu transparaît sur sa peau, au niveau du genou droit. Le problème, c'est que je l'ai soignée le matin de son anniversaire, et ce bleu était sur le genou gauche, j'en suis certaine. Comment est-ce possible qu'il se soit déplacé ?

— Tu as fini ton bain ?

Je pensais être douce mais ma voix est fâchée. J'enroule l'enfant dans une serviette, je la frictionne, elle se laisse faire d'abord puis se cramponne à moi, me fait un bisou sur le bras et y pose sa joue, en câlin. Je l'embrasse sur le front, mais je ne reconnais pas l'odeur de ma fille ! Je la renifle, elle rigole.

— Ah ! ça chatouille !

Elle rit plus fort.

— Tu veux que je te raconte une blague maman ?

J'entends à peine, je réponds sans y être, je ne sais plus plaisanter.

Au petit déjeuner, elle, d'habitude si bavarde, est devenue totalement mutique, absorbée par les plis du lait dans son bol de corn flakes. Quand elle mange, elle s'évertue à faire le moins de bruit possible, pourtant on n'entend que le son du maïs croustiller dans le silence. Quant à Paul, il s'agite en tous sens, se rassied, se relève au moindre prétexte, il veut être avec nous mais le plus loin possible. Nous partons tous les trois en voiture. Je dépose Nina à l'école, puis Paul au Conservatoire pour ses classes de piano. Sur le trajet, on ne commente rien, on n'ajoute aucun poids sur cette matinée. Nous roulons vite, semant cette ambiance inhabituelle et compressée. Je suis rassurée de retrouver mes étudiants aux Beaux-Arts. À l'accueil, derrière son bureau en lino, Clothilde me demande des détails de la fête d'anniversaire.

— La petite était très contente ! Et merci pour le puzzle, elle a adoré !

— Ça fait plaisir ! dit-elle en me tendant les clefs de ma salle.

La journée passe sans conséquence.

Le soir approche, le soir tombe, le soir m'oblige. J'appréhende d'aller chercher la petite à l'école et d'affronter notre tête-à-tête. C'est idiot, je me sens comme une môme avertie qu'un loup va frapper à sa porte : pour le berner, il faut me déguiser en adulte. Une tristesse égoïste m'envahit, je claque contre ma bouche un sourire flagrant et j'y vais.

Je l'aperçois dans la cohue d'enfants, *est-ce bien elle ?... Oui.* Sitôt qu'elle me repère son visage s'agrandit d'un sourire fier, elle rougit et me saute dans les bras, grimpe sur moi tel un petit singe en haut de son palmier natal : elle tient ainsi toute seule, hissée jusqu'à mon cou, la tête posée en sécurité sur mes épaules, elle voudrait que je la porte jusqu'à la voiture, que nous restions collées serrées toutes les deux, une famille unie. Sa respiration se calme à mon contact, ma présence lui fait du bien je crois. Pourtant rien n'y fait, une mystérieuse appréhension persiste entre nous. Nous marchons jusqu'aux platanes, je la déleste de son sac à dos, lui donne son petit jus de fruits rituel, sa moitié de pain au chocolat, et lui propose de monter à côté de moi, à l'avant. Je fais tout ça naturellement, je ressemble à n'importe quelle mère venue chercher sa fille à la sortie de l'école. Je suis cette mère et toutes les autres, à un détail près : je ne regarde pas Nina dans les yeux, je m'arrange pour me concentrer sur mes mains, les siennes, sur tout ce qui n'engage à rien. Car chaque fois que nos regards se croisent, j'ai envie de crever.

Dans l'habitacle de la voiture, notre inerte silence m'étouffe, j'allume la radio. Les publicités remplacent vite les mots qu'on se refuse à dire et ceux qui tardent à venir. J'enclenche le levier sur une vitesse supérieure, mais il se grippe, alors Nina pose sa main sur la mienne et lance ainsi le jeu que nous avons inventé il y a quelques années : « C'est moi qui conduis ! » La règle est simple : sa main recouvre la mienne, je dis « passe la première » ou « passe la troisième », et Nina déplace le manche… papier, pierre, feuille, ciseaux. Mais cette fois, le moteur cale, on se fait klaxonner, je dois redémarrer. J'ai l'impression d'un *déjà-vu*, d'un dédoublement du vécu qui sonne faux. La radio reprend son cours, je la laisse volontiers remplacer l'attention que je ne veux pas donner à l'enfant. J'aimerais que le souvenir de cette nuit perdue s'estompe, tel un hématome disparaît au fil du temps, et qu'il ne laisse pas plus de trace qu'un bobo d'enfance. Sur la bande FM, la voix d'Alain Souchon vient nous rejoindre, drôle de babysitter… Lui et sa tendresse sans âge, voilà qu'il nous veille pour ne rien défaire, sans commentaire, *Allô maman bobo, maman comment tu m'as fait j'suis pas beau, allô maman bobo, allô maman bobo.*

À la maison, jour après jour, l'atmosphère familiale s'épaissit et se leste d'un supplément gravité sans chantilly. Ce que nous avons le plus en commun ce n'est plus un foyer, mais d'avoir perdu le sens de l'humour. Nous vivons beige. Notre quotidien a changé de tonalité comme si on avait soudain changé le papier peint du salon, sans que personne ne le remarque, sauf moi. Et nos conversations s'aplatissent en soufflés dégonflés au contact mortel de l'ennui logistique.

— Paul, j'aimerais que tu décroches cette banderole, je suis trop petite et j'ai le vertige.

— Si tu veux.

— Ça t'embête ?

— Non. Il faut juste que j'y pense, tu m'y fais penser ?

— Pourquoi pas maintenant ?

— J'allais jouer un peu. Demain ?

— …

— Quoi, qu'est-ce que ça change que je le fasse demain ?

— Ça fait deux semaines que tu me réponds *demain.*

— Puisque je te dis que je vais le faire.
— Laisse tomber.

Les ciseaux pointés vers le plafond, je monte sur l'escabeau, tant pis pour mon vertige, et j'avise les fils reliant les lettres de cette foutue exclamation « Joyeux Anniversaire ». À chaque coupe, elles s'affaissent comme des cous de poulet. Dehors, une bande d'oiseaux griffe le ciel, je me demande à quoi ils pensent.

— Ça va maman ?

Mon regard pique droit sur la petite fille qui me propose son aide, je refuse. Dépitée, elle va s'asseoir au bord de la grande fenêtre, fait glisser son index là où l'air passe entre les joints et se met à ronger ses ongles. Puis elle part jouer dans le jardin, je la suis des yeux. À nous regarder de plus près elle et moi, je me dis que nous sommes des vases mal recollés, mère sans fille, fille sans mère. Joyeux anniversaire.

J'essaye d'alerter Paul sur les anomalies que j'ai constatées : les changements de goûts de la petite, ses replis, ses silences effrayés, ses ongles rouges, mais tout cela est recalé à la douane du jugement paternel, et déclaré « sans importance ». Paul n'y voit rien d'anormal. Je ne suis pas d'accord, ce ne sont ni des broutilles ni d'insignifiants détails à mettre sur le compte de mon étourderie légendaire. Par facilité, je finis par me plier à sa version : cet hématome, qu'il soit sur le genou droit ou gauche, qu'importe, je dois manquer de sommeil voilà tout, d'accord d'accord, *et le malaise il vient d'où ? Pourquoi il persiste ?* je pense. Je ne peux parler à personne de la crampe qui me saisit souvent l'estomac, cette invisible main venue de la pensée qui arrache en moi le certain telle une mauvaise herbe. Parce que ça ne se prononce pas à voix haute, la peur d'une maman devant sa gosse. C'est à ranger au rayon de la honte. Je regarde Nina glisser sur le toboggan, elle s'amuse innocemment mais je ne peux m'empêcher de passer ses actes au tamis du soupçon. J'aimerais comprendre d'où vient mon sentiment que cette famille n'est *pas vraiment* la mienne. Voilà qu'elle me fait coucou, moi aussi, pourtant je pense : *cette Nina, tu ne peux pas lui faire confiance.*

Paul esquive les sujets importants et s'accroche à son piano où il s'obstine à revisiter un morceau de Schubert. Le reste du temps on s'évite, on se heurte, on se coupe les phrases et les trajectoires, bref on s'encombre. Nos discussions tournent court, elles ont la forme d'un graphisme sans relief, un logo, et moi, je me sens à l'étroit. En quelques semaines, notre relation de couple s'est dégradée jusqu'à l'agacement. En surface, je singe ma vie antérieure, mais j'habite clandestinement mon propre arrière-pays. Je me suis réfugiée dans un lieu qui n'existe pas vraiment, situé en dessous du chagrin, un espace qui ne rejoint plus la maison. Ça a commencé par hasard, un après-midi, après un cours improvisé sur la perspective.

Il est quinze heures, notre réunion pédagogique mensuelle vient d'être déplacée, je me retrouve dans cet entre-deux qu'on appelle du temps libre, mais je ne l'ai pas désiré. Je décide d'aller marcher le long des quais, prendre des nouvelles des péniches, du niveau de la Seine, de l'allure hivernale des pique-niques au pont d'Arcole, haut lieu des amours clichés et des guitares sèches, en résumé, ma jeunesse. Je cherche sans doute à retrouver un peu mon passé, recomposer mes années d'étudiante et surtout renouer avec le romantisme niais du tout début de notre histoire d'amour avec Paul, il y a douze ans. Je reviens donc sur la place où on s'est rencontrés, je m'assois dans le même café, à la table où j'attendais qu'il me prenne la main tandis que nous échangions passionnément sur le lien de Kandinsky à la musique, sa synesthésie sonore, sa recherche de teintes et de tintamarres, du frémissement, de l'intensité spéciale du vivant, mais bien entendu, je parlais de moi, de nous… et bien entendu, quand Paul me parlait de Glenn Gould ou de Richter, leur totale liberté, leur inimitable sensibilité, le tempo reconnaissable de leurs silhouettes, leur absence de concession, il parlait de moi, de nous… Et plus nous devenions abstraits dans la parole, plus nos corps brûlaient de se rapprocher, maintenus à distance par cette posture d'intellectuels qui n'était qu'une convention d'apprentis esthètes pour ne pas s'avouer qu'on était timides. Nous en usions par prudence et par pudeur, masquant ainsi l'insoutenable fragilité où nous étions, à nu, l'un face à l'autre.

Aujourd'hui, assise toute seule dans ce même café, je commande un expresso, puis j'attrape le journal sur une table voisine. Sans savoir pourquoi, me voilà rendue à la rubrique des faits divers. Je parcours les titres et les photos, angoissée soudain, les mains hésitantes. Parvenue en bout de page, je pousse un soupir : aucune petite fille ressemblant à Nina n'a été retrouvée ces jours-ci, blessée ou morte, quelque part près de chez nous ou dans les alentours. Je réalise alors l'extravagance de ma recherche, et ce qu'elle me dévoile. Je dois me rendre à l'évidence : une partie de moi croit possible que *ma* Nina existe quelque part, ailleurs, dehors, peut-être est-elle en danger, à l'abandon. Le plus inouï, ce sont les implications d'une telle possibilité : cela signifie qu'une autre partie de moi ne parvient pas à se défaire de mon invraisemblable tourment. Oui, j'ai la conviction déroutante que cette petite fille revenue qui ressemble à ma fille est une fausse qui se fait passer pour Nina. Autrement dit, nous vivons avec sa copie.

En rentrant à la maison, je trouve Paul acharné sur son clavier, en ébullition. Assise sur ses genoux, Nina regarde les mains de son papa courir sur les touches et composer autour d'elle un paysage en creux, diminuendo, diminuendo, qui l'éblouit. Pas moi. Il m'annonce, frétillant, que le Bozar de Bruxelles lui propose un concert solo, ils ont choisi la Sonate numéro vingt et un en *si* bémol majeur.

— Du Schubert, évidemment ! dit-il, fou de fierté.

C'est la première fois qu'une occasion aussi prestigieuse se présente à lui. Il fronce les sourcils.

— Ça ne te fait pas plaisir ?

— Bien sûr que si, c'est fantastique !

J'enlève mon manteau sans entrain. Je ne me réjouis pas totalement, non, parce que je connais trop bien ce regard de Paul quand il entre dans une phase obsessionnelle : ses pupilles brillent comme celles d'un guépard, il devient animal, irritable, féroce dans ses répliques, flottant, jamais là sans être tout à fait absent, comme s'il vivait ailleurs, qu'il avait déménagé dans son piano. Je le vois d'ici enfler son orgueil pour faire paravent à sa peur d'échouer et m'accuser de le ramener bassement au quotidien, de l'empêcher d'être libre, d'être grand. Cette fois, je n'ai pas la force de le supporter. Je me soutiens à peine.

J'ignore si les craintes qu'on anticipe les font advenir, mais la mécanique des jours suivants se déroule tel que je l'avais prévu : Paul et son piano prennent toute la place dans le salon, bien au centre, il répète des heures par poignées les mêmes fragments de mélodie, il fait la même erreur, au même endroit, éternel retour du *bis*. Je me sens enfermée à double tour dans les boucles de ses notes, menottée à son emploi du temps, soumise à ses ordres et désordres. À l'inverse, Nina est admirative de son père, elle l'écoute, il est son spectacle, elle apprend. Paul pense que mon manque d'enthousiasme est de la pure jalousie. Moi, je cherche seulement un peu de paix pour penser. Du calme. Mais il s'énerve, pique des colères, m'invective.

— J'ai besoin de me mettre le morceau sous les doigts, tu peux comprendre ça ? Va ailleurs si je te dérange.

— Où ça ?

— Je ne sais pas, à la cave !

Son mépris ne me touche pas, je sais le décrypter, Paul est de nouveau en proie à l'interrogation qui le ravage intimement depuis toujours et nous menacera jusqu'au bout, en tant que couple. Il se demande s'il est un véritable artiste ou bien un planqué qui s'abrite au gré des conformismes. À cette question, j'ai ma réponse et il ne l'aime pas. Cela fait partie des non-dits qui nous chagrinent sourdement et qu'on laisse de côté, refroidir. Paul me considère comme une « simple prof d'arts plastiques », autrement dit une vague artiste contrariée, recyclée, voire amère. Mais il a peu d'arguments pour le prouver, car une grande partie de ce qu'il m'impute lui va comme un gant, et il le sait très bien. Il concède que je puisse envisager mes cours en artiste, mais pas plus. Quant à la reconnaissance qu'on lui témoigne en tant que soliste pour la première fois, elle ne parvient pas à le rassurer sur son talent. Il a le sentiment qu'il ne mérite rien. Et il me colle son dépit dans la bouche, faisant de moi le personnage ventriloque d'une persécution qu'il s'inflige tout seul. À ses côtés, sans qu'il ne s'y intéresse, je m'affaisse dangereusement. Un jour, je craque, je lui fais une scène, sans soin, sans amour.

— Ta manière de travailler est inefficace. Si tu veux entrer dans cette sonate et la faire entendre aux gens, il faut d'abord la saisir. Ça veut dire la regarder longtemps, et puis de loin, dans sa perspective, sans motivation, comme une terre que tu ne connaîtrais pas, jusqu'à ce qu'elle te devienne distinguable. C'est seulement à ce moment-là que tu peux te permettre d'entrer sans frapper, de t'approcher d'elle sans risquer d'en perdre le fil. Sinon, quand on t'écoute jouer, on est comme toi : on n'y comprend rien. Alors, au lieu de chercher à mettre ce morceau sous tes doigts comme tu dis, commence par te salir les mains ! Goûte la terre !

Paul est furieux, il se défend, me reproche de prendre avec lui mon petit ton supérieur de professeur. Il veut me convaincre que son approche est réfléchie : s'il répète jusqu'à saturation, c'est parce que c'est *son* chemin, *sa* manière de s'exprimer. Je m'exaspère.

— Puisque chaque fois que tu reprends les mêmes parties, tu fais les mêmes erreurs, c'est bien que tu te trompes de chemin, non ?

Il cède.

— Tu as raison Emma, ce n'est pas mûr, je vais me planter, je ne sais pas ce que j'ai. Enfin si, je sais… J'ai eu tellement peur…

Il s'effondre brutalement dans mes bras en sanglots, dit qu'il ne se pardonne pas d'avoir laissé Nina se perdre, de l'avoir exposée au danger. D'ailleurs, depuis le soir fatal, sa crainte inapaisée est devenue le chef d'orchestre de ses nuits, mettant en scène des cauchemars à répétition.

C'est vrai qu'elle a changé, l'enfant.

Nina, à perte de vue, Nina mon paysage, ses taches de rousseur intimidées, le fossé asymétrique de sa fossette, les plis papillotes de ses yeux en coin. De ses mains rondes, elle attrape son huitième de violon. Je me tiens assise en bordure de la salle, comme les autres parents pendant le cours de musique. Nous attendons sagement, sans bouger, une heure durant, sur des chaises en plastique aux sièges maculés de chewing-gums secs et fatigués. C'est une torture pour les oreilles car rien n'est plus ingrat qu'un enfant qui apprend le violon. Enfin si, il y a plus ingrat, il y a ce petit groupe de dix enfants qui, ensemble, apprennent le violon. Crincrin, craie appuyée contre un tableau, fraise du dentiste, scie aiguë, grippée, couteau raclé contre de l'aluminium, bruxisme, ciseaux rouillés, voici le registre approprié pour décrire leurs archets sur les cordes, posés n'importe où entre le chevalet et la touche, freinés ou dérapant, et les doigts positionnés à la va-vite, glissants et crasses, mal coordonnés. Tout est réuni pour la cacophonie. Nous avons hâte que le morceau *Au clair de la lune* se termine et que le jour commence définitivement. Mais nous sommes tenus, nous les parents, de soutenir notre progéniture. Car ils se savent regardés et ne veulent pas nous décevoir.

Nina se tient dos à moi, elle serre son violon contre son flanc, le bras bien collé à l'instrument, l'archet pendu le long de son index, elle attend sereinement son tour pour jouer la petite étude de Bach qu'ils ont travaillée cette semaine. Romain, l'élève précédent, « exécute » au sens propre le morceau, au point que ce massacre nous donne l'envie de revenir au clair antérieur de la lune. En pensée, je feuillette l'iconographie complète de ma fille, j'énumère ses bouilles et ses trognes, redessinant mentalement le marronnier de ses expressions. Mais dès qu'elle se retourne pour vérifier que je lui suis attentive, rien n'y fait, je suis stupéfaite, son visage ne me revient pas, il n'a pas d'unité. Je vois une enfant à qui il manque quelque chose : ce *je-ne-sais-quoi* qui me manque précisément pour me relier à elle. Une chaleur, une circulation, un lien vrai. Elle sursaute car c'est son tour de jouer, elle était distraite. Elle pose son menton sur la mentonnière, réajuste sur son épaule la petite éponge qui tient mal malgré l'élastique en caoutchouc, puis pose sa main gauche en haut du manche, raide verticale, pouce levé, replie ses doigts en « petites maisons », toniques les phalanges, bien carrées. Puis elle arrondit sa main droite autour d'une pomme imaginaire, y glisse l'archet, le pose sur la corde de *ré*, lève son coude très haut en assouplissant le poignet pour qu'il fasse comme un pinceau courant sur une feuille imaginaire. Elle est prête. La professeure lui donne le signal d'un geste strict et intransigeant dont Nina a l'habitude. Elle commence à jouer, les autres mamans et les rares papas me regardent, habitués à ce que ma fille leur offre un peu de répit. Paul est tellement exigeant que Nina est devenue la référence de sa classe. Il l'a formée à l'écoute, elle a développé une oreille qui en impose, et une technique très mature pour son âge, nous dit-on. Lorsqu'elle joue, les parents assemblés me gratifient d'un regard confiant, et moi, je suis très fière. Je ferme les yeux et je me laisse porter par la rythmique impeccable de son jeu. Soudain, sa professeure l'arrête en criant.

— C'est faux ! Recommence.

Nina reprend et, au même endroit, commet la même erreur.

— Faux ! Tu n'entends pas ?

Nina rougit, une tension parcourt l'assemblée, nous sommes étonnés, l'atmosphère se tend, l'enfant perd ses moyens, passe la première mesure sans se tromper puis panique mais continue tandis que sa professeure hurle.

— Faux ! Tu joues faux, qu'est-ce qui t'arrive Nina ?

— …

Elle se tourne vers moi, désolée, la professeure et les parents aussi, je suis sidérée : c'est bien la première fois que Nina ne joue pas juste.

— Je ne comprends pas ce qui se passe, dis-je. Concentre-toi s'il te plaît.

Un vent de panique dans son regard, elle repose nerveusement le violon sur son épaule crispée, son archet bégaie, elle n'ose plus appuyer sur la corde, ses doigts arthrites peinent à se mouvoir, elle veut trop bien faire, c'est un échec, elle se fait arrêter sans égard.

— Tu travailleras la prochaine fois.

— Mais j'ai travaillé madame !

— Alors qu'est-ce qui t'arrive ? Ça ne te ressemble pas du tout.

Elle hausse les épaules, baisse la tête, je suis mortifiée.

Nous rentrons à la maison sans commentaire. Elle garde son étui à violon serré contre elle, comme une poupée. Elle a honte. J'aurais dû interpeller sa professeure sur ses méthodes pédagogiques, dénoncer sa propension à dégoûter les élèves et affirmer sa toute-puissance. J'aurais pu, j'étais légitime, les autres parents m'ont souvent demandé d'intervenir. Mais je n'ai pas bougé. Maintenant que nous sommes seules, je devrais consoler cette petite fille, voyons, lui redonner confiance, prendre son parti, c'est mon rôle, mais je n'arrive pas à aller vers elle. Pour une raison idiote qui n'a rien à voir avec cette humiliation publique : je suis hypnotisée par la découverte d'un grain de beauté nouveau sur son front, surgi d'on ne sait où. Oui, c'est indubitable, un intrus s'est invité incognito sur son visage.

On ne me fera pas croire que les grains de beauté apparaissent du jour au lendemain. Ce que j'y vois moi, c'est l'indice qu'il y a erreur sur la personne.

— Qu'est-ce que tu as, là, c'est du feutre ?

Je mouille mon index, je frotte la tache sur le front de Nina.

— Là ? je ne sais pas maman… c'est quoi ?

Elle m'imite et frotte à son tour.

— Un grain de beauté ! je dis.

— C'est grave ?

Elle pense qu'elle a fait une grosse bêtise. Son visage catastrophé s'affaisse dans une envie de pleurer, ses joues flambent, je m'inquiète.

— Tu as chaud, tu es malade ?

— J'ai mal à la tête.

Je pose ma main sur son front, j'en éprouve un léger dégoût.

— Non, tu n'es pas chaude. Allez, mets-toi en pyjama, le temps que je prépare le dîner.

— Tu peux passer ta main sur mon oreille, comme avant ?

Cette demande m'électrocute, en un instant mes doutes se retournent contre moi : *comment se fait-il qu'elle connaisse ce rituel entre Nina et moi ?*

— Bien sûr.

Ma main passe essuie-glace sur sa joue, l'enfant plisse les yeux de plaisir, écoute avec nostalgie ce va-et-vient qui sonne « comme de la mer ! » disait-elle, petite. Au rythme métronome de ma caresse, elle s'apaise, je m'apaise et murmure :

— Tout va rentrer dans l'ordre, ne t'inquiète pas.

Elle ouvre de grands yeux étonnés et les plante dans les miens. Ce que je ressens est *épouvantable*, je pousse un cri et j'enlève ma main, comme si je l'ôtais d'une plaque de cuisson.

Je repense à la théorie du punctum de Roland Barthes: sur une photographie, c'est la présence d'un petit grain, d'un défaut, qui atteste de l'être cher. Ce grain de réalité est un défaut de fabrication, une disgrâce, une sorte de faute dans la texture mais qui permet de ne pas se tromper. Par ce raté qui en fait aussi la beauté, on authentifie la personne qu'on aime. Car ce *stigmate* produit sur celui qui regarde la photo une émotion si grande qu'il la renvoie à la véracité de leur lien. Mais pour moi, ce grain placé sur le visage de cette petite fille en face de moi la disqualifie. Il est la preuve qu'elle est fausse, que je ne me tiens pas en face de l'originale de ma fille mais de son double mensonger, du report falsifié de celle que j'ai mise au monde.

Dès lors, mes doutes s'approfondissent et mon esprit refabrique à l'envi les images fictionnelles de sa disparition. Je revis la nuit telle que je l'ai imaginée en me mettant dans le rôle de Nina, les photogrammes du drame en avance rapide: brouillard, forêt, cris, baskets qui courent sur les feuilles mortes, terre humide, lune écorchée, les branches des arbres. En réalité, la maladie dont je ne soupçonne rien encore est en train de grignoter mes perceptions. Elle en mange les bordures comme dans le livre que je lisais à Nina, *La chenille qui fait des trous*. Je perds mes repères et cet amour clair, absolument unique. Or c'est d'ici que je repars chaque matin, depuis le neutre. Dans ma tête mosaïque, je cherche une cohérence au vrac de mes pensées, j'essaye d'en décaper les zones d'ombre. J'utilise en guise de couleur les aplats furtifs de lucidité dont je dispose. Ils me parviennent par pixels, par fragments. C'est tout ce que je possède pour sillonner l'irrationnel, ces tout petits carreaux éparpillés où je questionne le visage radieux de ma fille. Mais les lignes de fuite sont biaisées, comme si Nina bafouait toutes les règles de la perspective et de la géométrie des sentiments.

Paul fait l'autruche. Il s'est isolé dans sa sonate, abstrait totalement du concret, il n'est plus qu'un bonhomme assis de dos, la tête dans son clavier, ratatiné sur la position de ses mains. Sa présence devient un bruit de fond, et sa musique, une mélodie d'ameublement. Il remplit le silence à ras bord, de sorte que je ne peux que me taire au lieu de dénoncer cette existence ajourée où nous coulons, étouffés sous cette couverture de notes qui nous empêche d'exister mais n'éloigne pas ce qui nous menace, au contraire, et nous rend fous. Vivre sans faire de bruit, dans l'incessant vacarme. Entre nous se tient, ténu, l'assourdissant mutisme de Nina. C'est un problème, pas question de l'affronter seule, je l'oblige à s'en mêler.

— Je ne sais pas ce qu'elle a, elle n'est pas comme avant. Elle me fuit.

— Je me demande si on ne devrait pas l'emmener voir un psy.

— Un psy ? Tu sais ce que j'en pense, ils ont intérêt à entretenir les blocages, certainement pas à les résoudre, c'est comme ça qu'ils se rémunèrent.

— Allez, tout va bien ! Le plus important c'est qu'elle soit revenue saine et sauve, non ?

— Tout ne va pas bien non… Elle ne parle plus.

— À moi, si. Et puis elle a le droit d'avoir son jardin secret. La fusion mère-fille, ça suffit, j'ai toujours dit que c'est malsain. Il était temps qu'elle soit moins collée à toi. Elle prend son autonomie, c'est dans l'ordre des choses.

— Tu es tellement aveugle, je ne sais pas quoi te répondre, c'est sidérant.

— Qu'est-ce qui te tracasse ?

— Ne prends pas ce ton paternaliste s'il te plaît. On va arrêter de faire semblant.

— Excuse-moi, c'est vrai, je suis autiste en ce moment. Vas-y, je t'écoute.

Il dit ça avec politesse presque, j'aimerais le croire mais le fond de son œil prend déjà le large. Malgré ses efforts pour être avec moi, il n'en a pas envie. Son déni est devenu une emprise. Je lui montre les élastiques que Nina portait le matin au commissariat.

— Ils sont de quelle couleur pour toi ?

— Jaune et bleu…

— Exactement.

Je lui montre une photographie que j'ai prise de Nina, au moment où elle soufflait ses bougies à la maison, avant la fête foraine. Il ne percute pas et me fixe avec un air de veau.

— Qu'est-ce que je suis censé voir ?

— Je lui ai mis des élastiques rouge et vert pour son

anniversaire, pas bleu et jaune. J'en suis certaine, c'est moi qui l'ai coiffée, tu vois bien sur la photo.

— Et alors ?

— C'est pas normal. Je ne connais pas cette marque d'élastiques, c'est toi qui les as achetés ? Ça m'étonnerait. Ce qui veut dire qu'ils ne sont pas à elle.

— Elle les a peut-être piqués à une copine, je n'en sais rien, je ne vois pas où est le problème.

— Le problème ce ne sont pas les élastiques, c'est qu'ils sont à quelqu'un d'autre.

— Pardon mais je ne te suis pas, là.

— Je te dis simplement que ce ne sont pas les bons !

— D'accord, ne t'énerve pas.

— …

— Emma, je suis désolé mais je ne comprends pas où tu veux en venir.

Où je veux en venir… Paul a raison, c'est bien la question, je sais où je ne veux pas aller. Je sais d'où je ne reviens pas. Pour le reste, celle dont j'ai peur, c'est moi. Alors pendant quelque temps, quand je ne donne pas cours, plutôt que de rester dans ce salon trop sonore, j'obéis à Paul, je disparais au sous-sol.

Planquée pendant des heures dans notre cave sombre et encombrée de poussière, j'ai le sentiment de visiter les coulisses de ma vie. Je fouille les cartons où nous avons archivé la petite enfance de Nina. Sur les photos cultes, je retrouve sa petite bouille brouillée, quelle joie ! C'est elle à deux ans, son visage est le croquis de celui d'aujourd'hui, ses traits sont plus grossiers mais je reconnais mon bébé… elle sait à peine marcher, elle s'est assise dans le carton vide d'un pack de couches et rigole en répétant « coucou-cachée ». Je retrouve au moins une quinzaine de boîtes à dessins et d'albums photos avec leurs petites légendes. Et je mesure le soin avec lequel j'ai regardé grandir ma fille. Il a peut-être dépassé la zone « normale » de l'attention qu'une mère doit à son enfant. C'est vrai, j'ai tout aimé de sa petite enfance, ce camaïeu d'inconforts, d'harmonies et de brutalités.

Chaque fois que je remonte à la lumière du jour, je perds un peu plus l'habitude de vivre avec les autres. Je perds aussi mes clefs, je deviens susceptible, je me froisse comme un papier cadeau d'anniversaire. Mes heures passées à la cave, bien sûr, je n'en parle pas à Paul, ou seulement par quelques regards heureux qui en disent long sans expliquer pourquoi. J'en éprouve une nostalgie démesurée qui m'emporte dans un mouvement semblable à un deuil. Comme si j'avais subi une perte sèche, sans trace. C'est un tourbillon, je ne peux plus m'arrêter de défaire les cartons du passé, j'en ai besoin, ils sont devenus mon refuge. Rien n'est désormais plus important que de célébrer ce retour à la vraie Nina. Regarder ces photos, c'est la retrouver un peu. La retrouver un peu. La retrouver un peu. Mon cœur balbutie. Tant pis si la mélancolie devient une amie provisoire et remplace ma fille… Ensemble, on est bien toutes les deux, à la cave.

Mon triomphe, c'est quand je mets la main sur son carnet de santé, avec l'historique de son évolution. Je le relis mille fois, fascinée par les mots des pédiatres, ces petits chapitres d'une vie antérieure. Je ne sais pas pourquoi ils me mettent tellement de bonne humeur ! Je chantonne en suivant avec mon index sa courbe de croissance sur le calendrier des mesures. Je grimpe la montagne dessinée chaque année par un stylo différent et qui aura relié les poids et les tailles de Nina, autant d'étoiles. Ils ont vérifié la bonne conformité de mon enfant-ciel, évaluant si elle appartient à « la zone normale » du vivre ou si elle la dépasse. « La zone normale » c'est celle où on grandit sans inquiétude. Ma mémoire valse toute seule en parcourant les dates des vaccins et des diagnostics, c'est délicieux ces traces du temps, je me rappelle ses toux en rafales, ses pieds malhabiles, et puis ses sourires qui avaient tant tardé à venir, *tant tardé à venir.* Je m'effondre brusquement en larmes.

J'ignore pourquoi, j'ai besoin de créer des drames. Je mise sur la stratégie d'usure pour exaspérer Paul, tirer sur le ballon de sa rage pour que sa colère éclate, et la mienne aussi.

— Tu as pleuré ? me demande-t-il en m'enlaçant, évitant de croiser mon regard.

— Non. Oui, tu vois bien… Merde, mon mascara, j'en ai partout…

— T'es belle quand tu pleures, ça fait ressortir tes yeux gris.

— Je pleure et toi ça te donne envie de baiser, merci, ravie de te faire plaisir.

— Comment tu sais que j'ai envie de baiser ?

— C'est déjà ça, vu que, le reste du temps, on vit comme des copropriétaires. Ben quoi, c'est vrai. Tu les aimes nos soirées, toi ? On dirait des AG, on se parle que de gestion et d'emmerdes.

— OK, t'as raison. Écoute, on ne s'est pas reparlé de l'anniversaire de la petite, mais depuis j'y arrive pas moi, je ne sais pas ce qui se passe, je me sens mal à l'aise.

— Alors ne fais pas semblant que tout est normal, ça me rend dingue !

— Parce que ça m'angoisse. Je culpabilise. J'ai tout le temps peur qu'il lui arrive encore quelque chose et qu'on ne soit pas là. Je trouve qu'elle se remet mal.

— Moi aussi.

— Je la sens inquiète, elle est sur ses gardes avec nous, c'est plus la même petite fille, elle a changé, je la reconnais plus, bon, c'est comme ça, faut s'y faire.

— C'est exactement ce que je ressens ! Je n'arrête pas de te le dire Paul : c'est plus la même !

— Qu'est-ce qu'on peut faire pour l'aider ?

— Essayer de comprendre… Ce qui est sûr, c'est qu'il y a un souci. T'as vu ses cheveux ?

— …

— Y a rien qui te choque ?

— Euh, je ne sais pas… ils ont poussé ?

— Non, ils ont éclairci !

— Ah.

— On est en plein hiver, il n'y a pas un rayon de soleil, t'expliques ça comment ?

— …

— Nina est brune comme moi, je suis désolée, pas châtain clair comme *celle-là*.

— Celle-là ?

— Façon de parler…

— Mais tu n'as pas une cousine qui était blonde ?

— Ce n'est pas la question.

— Je comprends pas, toi c'est ça qui t'angoisse ? Son

grain de beauté, ses élastiques, ses cheveux ? Ben elle grandit quoi.

— Je suis pas en train de te dire qu'elle devient ado trop vite, je te parle d'autre chose. De vraiment plus grave.

— …

— J'ai un pressentiment. C'est pas normal de changer comme ça. J'ai peur et j'ai des raisons.

— Arrête de tourner autour du pot là. Qu'est-ce que tu veux me dire ?

— La petite fille qui dort dans le lit de Nina, je pense que ce n'est pas notre Nina.

— …

— Celle qu'on va chercher à l'école, non plus.

— …

— C'est une menteuse.

— Tu me fais peur là.

— Paul, tu vois pas qu'on est en train de devenir une fausse famille ?

— …

— Laisse tomber, oublie.

La vie est un courant électrique. Déployé dans le cerveau, ce courant relie nos abscisses et nos abysses, nos coordonnées et nos désordonnées. Mais qu'advient-il quand ce courant ne passe plus ? Quand la lumière s'interrompt soudain ou bien s'intensifie sans logique, se noircit alors qu'elle devrait éclairer mieux ? Eh bien, par sécurité, on disjoncte. C'est ce qui m'arrive. Insidieusement d'abord, puis de manière flagrante, jusqu'à l'irréparable. Ça commence un jour à l'heure du goûter. Parce qu'en tête à tête avec elle, cette enfant me remet dans le passé comme on remet le couvert. Les débris de son visage deviennent la surface d'un chantier ancien, ils m'indiquent l'endroit des fouilles. Assise en face, je revis les discussions avec ma mère, et le courant saute : sécurité enfant. Noir rupture. En un instant. Le temps irrattrapable d'oublier.

L'enfant se tient sage sur son tabouret, bien à sa place devant son petit yaourt. Elle est attendrissante et sans malice, elle vide le paquet de sucre pour fabriquer des montagnes et met tous ses efforts à inventer des grimaces afin de me faire rire… je mets tous mes efforts à rire de ses grimaces, car je perçois sa détresse. Depuis deux semaines, elle tente désespérément d'attirer mon attention, elle veut me faire plaisir, surtout ne pas me décevoir. Ses alternances d'enthousiasme et de repli sont compréhensibles, vu mes propres revers d'humeur. Alors je lui souris, j'ai envie de l'apprécier… cette enfant me rappelle tellement ma fille, que lui demander de plus ? Mais son masque m'apparaît de plus en plus factice, et ça me démange, j'ai envie de l'arracher.

Elle se lève, avise la corbeille et choisit le seul fruit que *ma* Nina déteste, je proteste.

— Pourquoi tu prends une banane ?

— J'ai pas le droit ?

— Si, mais… t'aimes pas ça normalement, c'est nouveau ?

— T'énerve pas maman.

— Pourquoi tu fais ça ?

— Je sais pas, c'est plus vrai que je les déteste.

— Ça veut dire quoi ça, *c'est plus vrai* ?

— Je voulais pas te fâcher maman. Pardon.

— Je ne suis pas fâchée.

— J'en ai marre, t'es plus comme d'habitude.

— C'est toi qui n'es plus comme d'habitude. Et puis arrête d'ouvrir les placards, la poubelle est là, tu le sais quand même, et ne jette pas ta peau de banane dans le bac à papiers ! Dis-moi, ça fait longtemps que t'es dans cette maison, parce qu'on dirait pas.

— …

— C'est chez toi ou c'est pas chez toi ?

— Tu dis n'importe quoi. En plus, tu mens, c'est toi qui es allergique aux bananes.

— C'est ça...

— Tu me crois pas ? Alors vas-y, croque un bout, on verra bien qui ment.

— C'est ça, on verra bien qui ment.

Je mords furieusement dans une banane pour lui montrer que j'ai raison...

— Tu vois, j'adore ça, c'est délicieux.

— Menteuse !

Le contact de ma langue avec la texture jaune crue et molle, l'âpreté dérivée du sucré, cette sensation de gonflement dans l'estomac, tout cela me provoque un haut-le-cœur immédiat, je crache le morceau dans l'évier, perplexe : *comment est-ce possible que cette gamine me connaisse si bien et moi si mal tout à coup ?* Décidément, cette fausse Nina commence à prendre le pouvoir sur moi, elle me déstabilise, *elle cherche quoi à éclater de rire comme ça ? Je ne la supporte plus...*

— Pourquoi tu pleures, maman ?

— Je ne pleure pas, j'aimerais simplement que... tu termines tes devoirs... Tiens, prends ton stylo s'il te plaît, et continue, allez !... Qu'est-ce qu'il y a ?

— Je comprends pas pourquoi tu pleures, qu'est-ce que j'ai fait ? Il y a un problème ?

— Le seul problème c'est celui de la page trente-deux dans ton cahier de mathématiques, à rendre pour demain.

C'est une équation du premier degré avec une seule inconnue, je t'ai déjà montré comment faire, tu t'en souviens ?

— Pas trop bien.

— Arrête de… Pourquoi tu pleures maintenant, c'est le monde à l'envers…

Paul entre au moment où mes nerfs lâchent.

— Mais qu'est-ce que tu attends de moi à la fin, petite fille !!!

Il m'interroge du regard, surpris, l'enfant court se réfugier dans ses bras, je botte en touche.

— Je ne sais pas ce qu'elle a, on fait simplement des mathématiques.

Je disparais dans ma chambre, je les entends chuchoter.

— Elle a quoi maman ?

— Elle a… elle a eu très peur pour toi. Et moi aussi.

Ce soir, c'est Paul qui borde l'enfant. Il lui parle avec mille précautions qui camouflent mal son inquiétude.

— Ça va ? La couverture, c'est bon ? L'oreiller, tu le veux comme ça ? Hein, ça va comme ça ? La lumière : plus ? moins ? Là ça va ? Ça va ?…

Il m'appelle en renfort.

— Tu viens dire bonne nuit ?

J'apparais hypocrite au seuil de sa chambre, vêtue de mon joli déguisement de mère. Elle est tournée contre le mur, boudeuse, je m'assieds sur le bord de son lit, et retire lentement les élastiques de ses couettes encore nouées, ceux qu'elle portait à son retour. Au moment où je les sens dans ma main, je repense à la chevelure de ma sœur : elle était claire comme celle de l'enfant, *oui c'est vrai, tiens, j'avais oublié*... La petite fille avise les élastiques bleu et jaune dans ma main et me sourit d'un air pas fiable. Je me penche vers son oreille, elle croit que c'est pour l'embrasser sur la joue.

— Ils sont à qui ?... Ces élastiques, ils sont à qui ?

Paul s'interpose.

— Tu ne vas pas recommencer !

Nina fond en larmes.

— Excuse-moi maman, c'est de ma faute. J'aurais pas dû m'éloigner et suivre le petit chat sans vous prévenir.

Paul s'agenouille et l'enlace.

— Chuuutt chérie, ce n'est pas de ta faute, ce n'est jamais de la faute des enfants, c'est la faute de personne, il n'y a pas de faute, c'est fini, c'est fini.

Les larmes de Paul me bouleversent. Elles sont la seule chose qui me paraît vraie depuis des semaines, j'avise Nina et pour la première fois une chaleur me parvient, oui, c'est elle, je la reconnais à l'amour qui revient dans mes mains : ma fille est ma certitude, elle est cette terre intense et sans brûlure où nous avons toujours été, des tropiques fabuleux où la température ressentie correspond exactement à la température réelle. Je me jette sur elle et l'embrasse par centaines de baisers.

— Pardon mon ange, c'est moi qui... je ne sais pas ce que j'ai... je ne sais pas pourquoi je suis méchante avec toi, excuse-moi. Ne pleure pas, s'il te plaît, je ne veux pas te voir pleurer, je ne supporte pas. C'est toi qui as raison : je déteste les bananes.

Elle éclate de rire. Une pensée m'attaque en boomerang, *quand elle rit, c'est vraiment son portrait craché!* Je résiste : ça suffit, je ne veux pas continuer à marcher sur ces falaises, je veux être sa mère pour toujours et qu'on demeure ensemble, tous les trois : unis, réels, une famille brisée.

Ce même soir, Paul et moi rendons les armes. J'ai retrouvé confiance en lui, *peut-être que toute cette histoire est arrivée pour nous mener quelque part.* Il me confie :

— Je ne crois pas à cette histoire de chaton.

— Moi non plus.

— Toi qui remarques tout, tu as vu l'énorme bleu sur son genou ?

— Je n'arrête pas d'y penser.

— Qui lui a fait ça ?

— Elle m'a dit qu'elle était tombée dans les escaliers de la cantine, la veille de son anniversaire.

— Tu la crois ?

— Oui, non, je ne sais plus. Quand je l'ai soignée, je te l'ai dit, l'hématome était sur l'autre genou…

— Les flics nous ont bien donné le rapport médical, elle a été agressée oui ou non ?

— Non.

— Tu es sûre ?

— Je ne sais pas.

— C'est toi qui as raison, elle nous cache quelque chose. Je voulais pas voir.

C'est ainsi que le malentendu commence entre Paul et moi. Il croit déchiffrer chez Nina les signes d'un traumatisme provoqué par un abus, une violence sur son corps. Quant à moi, je suis certaine qu'elle cache un secret d'une autre nature, et j'espère surtout qu'elle me dira enfin où est ma vraie fille.

Un matin, l'enfant n'est plus dans son lit, elle s'est enfermée dans la salle de bains. Paul imagine immédiatement de sordides explications : son agresseur est revenu, il lui a laissé d'autres traces de coups, Nina cherche à les dissimuler. Pour lui, l'enfant a peur, l'enfant est en danger. Il ordonne d'un ton sec, forçant sur la poignée :

— Ouvre, Nina !

— J'ai pas fini.

— Je ne veux pas que tu t'enfermes, c'est interdit.

— Je fais rien de mal papa.

— Alors ouvre !...

— Non.

J'interviens maladroitement :

— Si le verrou se bloque, tu ne pourras plus sortir, tu sais bien que la fenêtre de la salle de bains est condamnée.

Paul se rue sur la porte à coups d'épaule et parvient à faire céder la serrure. Nous découvrons l'enfant en chemise de nuit, recroquevillée dans la baignoire remplie à ras bord d'eau froide. Elle grelotte, trempée, misérable. On l'aide à sortir, elle se laisse faire, ses vêtements dégoulinants et lourds collent sur sa peau, sa bouche à l'abandon est bleu givre, que s'est-il passé dans sa tête ? Nous l'aidons à marcher jusqu'à sa chambre, pétrifiés.

Je l'habille. Lentement.

Elle se laisse faire, sans un regard.

Paul se tient en retrait, bouleversé.

— Qu'est-ce qui te met en colère comme ça ?

Je pose ma main sur son épaule, elle m'attrape brutalement le bras, m'envoie valser au sol puis nous force à sortir en nous poussant, le buste à l'horizontale, les bras jetés contre nous comme pour se protéger d'horribles monstres, à pleins cris.

— Ne me touche pas ! Allez-vous-en ! Je veux être toute seule !

Il est temps d'affronter nos tabous. Nous nous asseyons tous les trois. Nos questions fusent comme des tirs en rafale, les mots débordent vite, l'enfant est sur la défensive, tant pis, je dois savoir.

— Si j'ai pu te paraître un peu étrange ces derniers temps, c'est parce que je m'inquiète pour toi. Je trouve que tu as changé, tu es différente. Vraiment différente, angoissée par quelque chose… Tu veux nous en parler ?

— …

— J'ai l'impression que tu m'en veux. En tout cas, moi je m'en veux de ne pas avoir vu quand tu es partie, c'était notre rôle avec papa de faire attention qu'il ne t'arrive rien. La nuit, avec ce monde et le bruit, dans une fête foraine, on aurait dû être plus vigilants. Tu m'écoutes ?

— …

— Je vais te dire la vérité. On a peur, parce que ce soir-là, quelqu'un t'a vue partir avec un monsieur. Est-ce que c'est vrai ? Est-ce que c'est pour ça que tu t'enfermes ?

Nina rougit. Paul prend le relais.

— On ne va pas te gronder chérie, d'accord ? Si un

adulte t'a embêtée ou t'a forcée à faire des choses que tu n'avais pas envie de faire, il faut qu'on sache. Il n'en a pas le droit. Il faut l'arrêter, le punir et l'empêcher de recommencer, tu comprends ?

— …

— Tu peux juste hocher la tête si tu ne veux pas répondre, ou bien tiens, écris-nous ce que tu n'oses pas dire sur ce papier, maintenant ou plus tard, quand tu veux.

— …

— Quand tu seras prête ma chérie, à ton rythme, d'accord ? Et on saura comment faire pour que ça guérisse, *tout ça*.

— Tu ne dois pas rester seule avec *tout ça*.

Nina n'est pas loin de craquer, on dirait. Nous ne comprenons pas qu'en réalité elle est morte de trouille devant ce tribunal parental qui l'accuse. Paul et moi avons besoin d'un coupable. Qu'il s'agisse d'un violeur ou d'une explication rationnelle, nous voulons confirmer une version de l'histoire et pouvoir blâmer quelqu'un, trouver un responsable pour justifier ce sentiment que notre vie nous a été dérobée. À l'époque, j'ignore encore qu'il existe réellement, ce voleur, et que je le porte en moi : c'est mon cerveau.

Paul adoucit sa voix.

— Est-ce que tu veux bien me répondre s'il te plaît…

— Non.

— Non quoi ?

— J'étais toute seule. Il n'y a pas eu de monsieur.

— Tu as vraiment tout raconté aux médecins et aux policiers ?

— Oui.

— Est-ce que papa peut te faire confiance ?

— Oui.

— Promis promis ?

— Promis promis, fait-elle en me regardant avec défi.

Paul me sourit, il a l'air soulagé d'un chirurgien sortant du bloc opératoire, mais je ne suis pas dupe.

— Il ressemblait à quoi ce chaton tellement mignon ?

Paul me tacle du pied sous la table, je reste stoïque et décidée, j'ai chaussé mon regard d'aigle et je descends en piqué sur cette enfant qui me fixe avec son air narquois. Il lui prend la main tandis qu'elle affirme, triomphante :

— Il avait des yeux jaunes, le petit chat !

— Des yeux jaunes ? Ça n'existe pas.

— Celui-là, si ! La preuve, puisque je l'ai vu.

— Bon, allez, laisse-la tranquille maintenant, dit Paul.

— Pourquoi tu mens ?

L'enfant devient nerveuse.

— Ça suffit ! intervient à nouveau Paul.

— C'est entre cette petite fille et moi !

— Tu cherches quoi, là ?

— Je veux savoir ce qui s'est *vraiment* passé !

— Maman je te jure que j'ai suivi un petit chat avec des yeux jaunes ! Après, je me suis perdue dans la forêt, j'ai crié mais y avait personne, j'ai marché vraiment longtemps, et puis j'ai vu la petite maison dans les travaux, en fait c'était des toilettes. J'avais envie de faire pipi, je suis entrée…

— Et la porte était miraculeusement ouverte ?

— Oui… Une fois dedans, je me suis enfermée mais j'ai pas fait exprès, le verrou s'est bloqué. J'ai crié mais pas trop longtemps, j'avais trop sommeil, j'ai dormi assise sur la cuvette. Ça sentait mauvais, y avait des mouches, mais j'avais moins peur que dehors, à cause des sangliers. Le matin, j'ai entendu du bruit, j'ai appelé et un grand monsieur m'a ouvert.

— Je vais te dire ce que j'en pense, moi, de cette histoire de chaton : ça ne tient pas debout une minute. On dirait exactement l'histoire du livre de contes que t'a offert mamie. Et puis… J'ai du mal à croire que tu ne pouvais pas faire pipi contre un arbre.

Nina baisse les yeux, je continue.

— Écoute, je suis capable de tout entendre, et la seule chose que je cherche, c'est la vérité : qu'est-ce qui s'est passé sur ce chantier ?

— Je vous jure papa maman, je vous jure que j'ai tout dit.

— Viens ma puce, on va se promener, ta mère va trop loin là, je ne suis pas d'accord.

Paul est persuadé que notre conversation a tout résolu, que cette histoire d'abus est terminée, point barre. Mais je sais qu'il y a autre chose.

— Tu ne vois pas qu'elle se fout de notre gueule !

— Emma ça suffit.

— Elle est pas fiable et elle nous mène en bateau depuis le début.

— Arrête de me faire chier avec tes délires.

— Ce que je te dis est très cohérent.

— Je sais pas pourquoi tu nous gâches la vie comme ça. Ton problème c'est quoi maintenant, t'es pas contente que notre fille se soit pas fait violer ?

— Joue pas au con.

— Je ne te supporte plus.

— C'est pas Nina et tu le sais aussi bien que moi !

— Je ne sais même plus de quoi on parle là...

— De celle qui vit chez nous : c'est une autre petite fille que la nôtre, qui lui ressemble.

Paul éclate d'un rire nerveux.

— Tu mesures l'énormité de ce que tu viens de dire

là ?… Ta fifille te fait la gueule, tu te sens rejetée, et ton explication c'est que c'est pas notre fille ?!!!

— C'est pas ce que je dis.

— Donc toi si tu casses un verre, tu vas dire : « Excusez-moi, c'est parce que la main qui est au bout de mon bras, ce n'est pas ma main » !!! Eh ben t'es cinglée.

— Je ne suis pas cinglée !

— Tu es conne. Voilà. Ce que tu dis est idiot. Et malhonnête.

— Au contraire, je suis parfaitement honnête justement, moi, je ne fais pas semblant.

— T'es une putain d'idéaliste, et une putain de chieuse. Tu veux que tout soit toujours parfait, que rien ne change, eh bien ça n'existe pas !

— Je vois pas le rapport. Je ne reconnais plus ses cheveux, je ne reconnais plus ses yeux, sa voix est plus sourde…

— Tu nous emmerdes, elle a besoin de respirer, moi aussi, on a tous besoin de respirer ici !

— Je sens tout au fond de moi que je ne suis pas sa mère. T'expliques ça comment ?

— Je ne sais pas… Tu penses trop, tu t'ennuies.

— C'est ça, je m'ennuie…

— Ouais. Change de boulot, fais du macramé, j'en sais rien, mais redescends sur terre.

— En attendant, tout ce qu'elle raconte de sa nuit c'est exactement la même histoire que celle du livre que ma mère lui a offert. Celle qui invente, c'est pas moi, désolée.

— Mais c'est sa manière de nous parler enfin, c'est une enfant ! Un chat qui la met en danger, c'est moins grave que ses parents qui la mettent en danger. Nous, on a été nuls. On ne l'a pas protégée. Et toi, au lieu de l'aider, tu l'agresses.

— Ce n'est pas moi qui déraille Paul. Cette gamine-là, elle est pas à la bonne place.

— Arrête de dire *cette gamine-là*, elle s'appelle Nina, elle a un prénom !

— Usurpé, oui. Et toi tu gobes tout.

— …

— Je sais que j'ai raison. Tu verras, je te le prouverai !

Voilà, j'ai basculé.

La dynamique des familles obéit parfois aux mêmes règles que la physique des couleurs. Leurs complicités reposent sur un circuit de résonances et d'interférences, dans lesquelles nous sommes chacun des vases communicants. Nous nous reflétons les uns les autres, question de regard. Moi, je suis face à une énigme : chaque fois que je regarde des photographies de ma fille plus jeune, je suis émue. Mais pas quand je suis en face d'elle, pas du tout. Pour résoudre ce mystère, j'entame une sorte de jeu des sept erreurs grandeur nature dans lequel vont se glisser mes heures vacantes, mes fins de soirée, mes insomnies, mes petits matins, lentement coulisser, la tête penchée sur mon téléphone, à comparer une photo de Nina prise le soir de son anniversaire et une d'elle prise le lendemain. Je m'abîme progressivement dans la comparaison des deux enfants, dans cette oscillation sans butée, cherchant à rassembler entre mes mains les bonnes cartes. Puis je demande au silence : « Dans la famille du vrai, je voudrais : ma fille. »

Paul quitte son piano de plus en plus tard le soir, et se laisse tomber d'épuisement dans notre lit. Parfois il se réveille au milieu de la nuit et me trouve assise à l'identique, sur le canapé du salon, penchée sur l'écran de mon téléphone, le visage bleu virtuel.

— Qu'est-ce que tu fais ?

— Rien, des trucs…

— Tu ne viens pas te coucher ?

— Non.

— Il est tard.

— Je te rejoins.

Il a un air autoritaire et vieilli qui ne me plaît pas. Lui aussi est en train de changer, il a perdu le goût de nous et je ne fais rien pour le lui rendre. J'aimerais qu'il me dérobe à cette dure folie où je me noie, mais au lieu de lui demander de l'aide, je le chasse.

— Va dormir. Allez, va te recoucher, je te dis que j'arrive !

Mais c'est faux. La seule chose qui m'intéresse c'est cette chasse au trésor qui consiste à trouver les erreurs d'imitation dans les pixels de notre enfant. Et Paul, je le sais, ne dort pas non plus, il commence aussi à douter. Malgré son attitude hostile, il a absorbé mes idées à force de lutter contre. Sa résistance les maintient présentes entre nous, donnant chaque jour un peu plus de vigueur à mon *délire*, comme il l'appelle. On finit par s'y attacher.

Je me demande souvent par où passent les correspondances psychologiques qui travaillent à l'intérieur des relations humaines, les travaillent à la manière de l'humidité dans le bois. Pourquoi l'amour que je ne ressens plus pour ma fille déteint-il sur ma relation à Paul, bien qu'il s'agisse de deux amours différents ? C'est en donnant mon cours sur la dynamique des couleurs que, soudain, tout s'éclaire.

— Cherchez, n'appliquez pas les manuels, cherchez tout seuls pourquoi deux couleurs posées l'une à côté de l'autre vont vibrer, comme cet orange de Sienne et ce vert terni. Quand on parle de couleurs, être complémentaire ce n'est ni s'opposer ni se ressembler. C'est correspondre. C'est partager quelque chose en commun qui n'est pas une identité – une même teinte – mais un continuum de dégradés qui sont ses contenus implicites. Un peu comme en musique, n'importe quelle note contient toutes les autres à l'infini, dans la traîne de sa résonance. Une couleur aussi contient le spectre entier de la lumière, et c'est lui qui résonne par affinité. Il est « appelé » en quelque sorte par la couleur dominante et sa réponse, quand elle est juste, crée une vibration. Qu'est-ce qu'une juste réponse en couleur ? Qu'est-ce qu'une réponse qui ne ment pas mais vient en complément ? C'est une couleur complémentaire dont l'intensité, la dose de lumière et d'obscur, varie. L'accord entre deux intensités, c'est ce qui crée le mouvement entre elles, leur scintillement, leurs noces, comme pour les gens. Il existe une couleur parmi toutes les autres qui joue ce rôle en particulier, c'est le gris. Si vous posez un gris à côté d'une couleur et qu'ils partagent la même puissance, une sorte de vie circule alors, une vibration, vous la voyez, là ?

Quelle est l'intensité de mon délire et quelles en sont les teintes correspondantes sur la toile de notre famille ? C'est la question qui surgit, quand je quitte ma salle. Car Paul et moi sommes entrés dans notre période « grise ». On vit désaturés dans un jardin qui ne vibre plus, on vit juxtaposés sans être complémentaires : nous faisons mine d'appartenir au même tableau. Par paresse peut-être, par habitude, par terreur d'une autre vie. Sans commun accord, le silence entre nous a décidé des rôles comme on attribue des places dans un train : Paul joue le concertiste obsédé par sa Sonate, et moi la Pénélope faisant et défaisant mon histoire, jusqu'au retour de ma raison. Cela se produit tout seul d'ailleurs, sans animosité, sans grand manque d'amour non plus. Ce mouvement de grisaille a l'allure de l'habituel : il s'arrête bien comme il faut en gares connues, mais ce n'est plus un voyage. C'est un train fantôme.

La petite fille se demande pourquoi je passe tant d'heures à traquer des photographies d'elle, et pas une minute à lui parler. Quand elle n'essaye pas de me distraire avec du bruit ou des bêtises, je la surprends les joues rouges, la tête basse, jouant avec ses doigts ou la fermeture éclair de son blouson. Elle garde longtemps cette posture de honte. Je pense aussi qu'elle est jalouse de la vraie Nina sur mon écran. Je reconnais que je suis cruelle. Je reconnais que cette brusque perte de chaleur entre nous m'a rendue anorexique. Chaque fois que l'enfant devant moi diffère de celle que j'ai dans la tête, elle nourrit ma souffrance. Mais que faire si j'ai perdu mon intérêt pour elle comme on perd l'appétit ?

Malgré ses efforts répétés pour me distraire, j'ai du mal à lui sourire, mes yeux désapprouvent tout ce que j'observe. C'est plus fort que moi, elle me dérange. Violemment. Même quand elle ne fait rien. J'imagine qu'elle me voit comme une mère insatisfaite et ennuyée. C'est dur. Je regrette de lui transmettre le sentiment qu'elle fait mal et qu'elle me fait mal. Je suis devenue ce que je redoutais, pareille à ces mères qui encrent sur leur enfant le tampon de l'amour qu'on déçoit. Au lieu de rester une petite fille préoccupée de jeux et de connaissances, la voilà déportée sur le bas-côté du souci perpétuel. Je vois bien que je l'intrigue, autant qu'elle m'intrigue d'ailleurs. Nous sommes deux étrangères vivant sous le même toit. Mais elle se sait en sursis. Mes soupirs lui disent qu'elle n'est pas à la hauteur, qu'elle n'est jamais suffisante pour garder sa place. Ainsi, elle se retrouve ex aequo avec l'échec : incapable de me consoler et responsable de mon chagrin. Alors elle trimballe son impuissance, ce fardeau ne la quitte plus et lui voûte le dos. Comment arrêter ce cycle infernal sinon grâce à la vérité ? Je veux la trouver, coûte que coûte. Elle ne me fait pas peur, au contraire. Sans cela, je sombre, mais je veux vivre.

Or, depuis cette fête foraine, c'est comme si on avait tiré trois fois sur ma vie avec un silencieux.

Un soir, l'enfant chuchote un secret à son père.

— Je ne veux plus voir maman.

— C'est ça ton secret ?

— Oui.

— Qu'est-ce qui s'est passé ?

— Elle est trop méchante.

— Méchante ?

— Elle sourit plus, elle me pose tout le temps des questions bizarres.

— Ça va passer.

— Pourquoi le froid a remplacé ma maman ?

— Je ne sais pas. Tu sais, ta maman est surtout très fatiguée.

— On dirait qu'elle n'a plus envie de vivre avec nous.

— Ne dis pas de bêtises, elle t'aime, tu le sais ça, elle a juste des soucis de grande personne.

— J'aurais jamais dû avoir huit ans !

Paul part trois jours à Bruxelles pour son concert au Bozar, le piano l'a toujours sauvé de la vie. Pendant que l'enfant est à l'école, je fouille dans sa chambre à la recherche de tout ce qui pourrait me mettre sur la trace de ma fille. Je rassemble sur son lit les vêtements qu'elle portait le jour de son anniversaire, les dispose en ordre, dépliés, afin de reconstituer son corps à la manière des pantins de papier reliés par des punaises. La forme de Nina se recompose, absente et étendue, faussement endormie sur sa couette. J'attrape d'autres vêtements au hasard pour former une seconde silhouette identique à côté. En comparant les deux « corps », je vérifie leurs tailles en superposant plusieurs fois le T-shirt de son anniversaire sur un autre T-shirt... Je suis abasourdie par ma découverte : les vêtements que la petite fille portait à son retour sont bien plus petits que tous ceux de son armoire. L'enfant revenue fait cinq centimètres de moins que Nina !

Un fracas retentit dans le salon, je m'y précipite, une fenêtre s'est ouverte, la neige entre chez nous par bourrasques humides, je lutte à grand-peine contre le vent pour bloquer le loquet intérieur, j'y parviens, j'ai bien refermé, je suis seule, je récupère mon souffle, tout est calme, j'entends miauler derrière moi : un petit chaton est assis sur mon tapis, adorable petit animal… À un détail près : il a des yeux jaunes ! Je porte ma main à ma bouche, il feule et se carapate sous mon canapé, à l'abri dans ma pénombre. Me voilà seule avec lui, je frissonne. Je vais chercher un bol de lait dans la cuisine, le pose devant le canapé et attends. Le chaton – s'il est encore là – ne bouge pas. Je songe, *je ne vais tout de même pas lui acheter des croquettes ?* Je déplace le canapé : pas de chat. Est-ce que je suis en train de devenir folle ? J'ai besoin de Paul, je l'appelle, il ne décroche pas.

Plus tard, après le retour de l'enfant à la maison, je mesure précisément sa taille sur la porte intérieure de sa penderie, là où chaque année au matin de son anniversaire j'ai tracé un trait pour dater sa croissance. Le résultat est identique : ou bien Nina a rapetissé, ou bien cette petite fille est plus petite de cinq centimètres. Ce n'est pas une coïncidence, c'est un fait. Je viens de résoudre l'équation à une inconnue : deux hauteurs *égale* deux enfants.

Paul rentre de Bruxelles avec un jour de retard, envoûté par son succès : il a décroché plusieurs dates de tournée, après quoi un label lui a proposé de produire son album ! Cette perspective le rend déjà malade. La peur du ridicule a toujours pris le dessus sur sa carrière, et en particulier la comparaison obsessionnelle avec son idole : le pianiste Sviatoslav Richter lui sert de paravent pour ne pas se risquer. Et Paul est très doué pour se planquer.

— Je l'ai tellement dans l'oreille, tu comprends, c'est impossible de ne pas le copier ! Dès qu'il joue, on dirait que ça a été écrit pour lui. Que ce soit du Schumann ou du Mozart, qu'est-ce que les gens disent ?... « c'est du Richter ». Ça me tue ! Un talent pareil... moi, à côté, je vais avoir l'air de quoi ?

— Alors pourquoi tu as accepté ?

— Parce que ça ne se refuse pas.

Il dénoue sa cravate et, en voulant rejoindre la cuisine, bute sur le petit bol que j'ai laissé au chat. Je découvre alors que le bol est vide, je suis pétrifiée, Paul me fusille du regard, suspicieux. Je ne parviens pas à lui parler de la présence du chaton aux yeux jaunes. Ni du fait que ce bol était plein la veille. J'esquive.

— Viens, j'ai quelque chose à te montrer.

Je l'emmène dans la chambre de Nina avant que n'arrive l'heure d'aller la chercher à l'école. Sur le lit, je reconstitue devant lui les deux corps, l'un avec les vêtements de la fête foraine, l'autre avec un T-shirt et un pantalon quelconques. Il m'observe, bougon, comme un spectateur « pigeon » désigné au hasard du public pour se coucher dans la malle du magicien et disparaître en direct par on ne sait quelle trappe. Une fois que j'ai fini, je le fixe sans un mot.

— Tu voulais une preuve ? La voilà : il y a une taille de différence.

— Il faut déjà lui racheter des T-shirts ?

— Cinq centimètres d'écart. Vérifie si tu ne me crois pas.

En guise de réponse, il s'allume une cigarette, je m'étonne.

— Tu refumes ?

— J'arrête quand je veux.

Je lui montre les deux traits sur la porte intérieure de l'armoire : on y voit deux tailles absolument différentes et sans ambiguïté. Paul explose de rage.

— Je rêve !!! Je viens de passer trois jours éprouvants, je suis rincé, je dois préparer une tournée de dingue et toi, ton monde s'écroule pour un trait foireux sur une porte de penderie et un lavage machine qui n'a pas marché ? C'est ça le grand drame de ta vie, un T-shirt qui a rétréci ? J'en sais rien, peut-être que t'as mal mesuré.

— C'est toi qui mesures mal ce qui se passe. Le drame, c'est que cette Nina-là est plus petite oui, et que la nôtre, elle est plus grande.

— Non Emma, ce qui n'est pas normal, c'est ce qu'on est tous obligés de subir… tu es confuse, agressive, tu nous mets à cran, et le vrai problème, c'est que tu refuses de demander de l'aide.

— Mais je n'ai pas besoin d'aide, j'ai besoin de comprendre !!!

— Comprendre quoi ?!

Le soir même, en lavant le bol du chat, je demande à l'enfant :

— C'est toi qui as bu le lait ?

— Non. Pourquoi ?

— Pour savoir.

Hector le poisson rouge est mort. Il flotte sur le dos stupidement, détaché de la pesanteur de ses pauvres nageoires. C'est moi qui le découvre après ma réunion pédagogique : j'étais censée remplir les bulletins pour valider les UV du premier semestre de mes étudiants, mais ce face-à-face avec la mort me coupe les jambes. C'était le poisson fétiche de ma fille, comment lui annoncer ? Je ne sais pas quoi en faire : le repêcher avec une cuillère, le jeter dans les toilettes, garder son cadavre pour qu'on puisse lui dire au revoir une dernière fois avant de l'enterrer dans le jardin ? Si personne ne s'en occupe, il va se dissoudre et pourrir… Et si je le remplaçais par son sosie, est-ce que quelqu'un verrait la différence ?

Au lieu de remplir mes devoirs de professeure, je décide d'obéir à mon élan de mère. Je me rends dans une animalerie, quai de la Mégisserie : si l'enfant qui habite chez moi n'est pas Nina, elle se laissera tromper par ma supercherie, c'est certain. Mais si c'est la vraie, elle découvrira le leurre et je m'en fais la promesse, j'arrêterai de douter.

Je hèle un vendeur patibulaire à qui je tends le sachet en plastique où j'ai mis Hector.

— Je voudrais exactement le même, mais en pareil ! dis-je en rigolant, tant ma demande paraît absurde.

— Pardon ?

— Je voudrais le même poisson, dans ce coloris. Identique.

— Euh… Tous les poissons rouges se ressemblent m'dame.

— Je n'en veux pas un qui lui ressemble, je veux le même, mais vivant.

— D'accord, fait-il en s'éloignant vers les aquariums.

Il prend le temps d'en choisir un. Mécontente, je le compare avec Hector.

— Vous voyez ici, sous la nageoire, c'est rouge coquelicot mais ça devient grenat au niveau de la queue, ce n'est pas exactement le même rouge. Et autour des yeux, le liseré, vous voyez ? C'est du corail mélangé avec du chamois, c'est ce qui donne l'impression d'un orange vif, mais c'est trompeur, si vous observez bien, il y a des reflets topaze et sépia, qui sont rehaussés par des touches vert pastèque, là, et même un peu sur le dessus.

— Moi je vends des poissons m'dame, pas des peintures… Vous n'avez qu'à le chercher vous-même. En plus, je suis daltonien.

J'éclate de rire et commence à choisir tout en me sentant obligée de justifier ma démarche.

— Je ne veux pas que ma fille puisse voir la différence, elle l'aimait tellement.

— Y a peu de chances, les poissons rouges, à part la taille, c'est kif-kif.

— Pas quand on les aime.

Il en repêche un autre.

— Et celui-là, tenez, il ressemble assez à l'autre crevé ?

Je perds mon sourire, il s'excuse.

— Je déconne... Hé, faites pas cette tête. Allez, je vous fais dix pour cent !

À la seconde où je dépose le nouveau poisson dans le bocal de Nina, il semble être chez lui, tout à fait à l'aise dans son écosystème. Je souris en me disant qu'il se sent *comme un poisson dans l'eau !* Le restant de l'après-midi, je remplis les feuillets d'appréciation de mes étudiants. Quelques lignes qui pèseront dans leur parcours et les suivront longtemps, leur ouvriront ou fermeront des portes, mon Dieu, ce que je déteste le pouvoir... En fin de journée, Paul revient avec l'enfant, il l'a emmenée à son cours de violon et paraît très contrarié de sa prestation. La gamine est désolée, elle promet de travailler mieux, elle n'ose pas dire qu'elle n'aime plus le violon. De toute façon Paul est incapable d'entendre qu'il nous terrorise avec sa musique. L'enfant se réfugie dans sa chambre pour pleurer, elle a rangé l'étui de son instrument sous son bureau, elle n'en veut plus, elle n'en peut plus. Je m'assois.

— Tu veux arrêter ?

— Oui.

— Tu veux que j'en parle à papa, qu'on te change d'instrument ?

— Il voudra jamais.

— Je vais lui parler.

— C'est vrai ce qu'il m'a dit, vous allez me mettre dans une classe à horaires aménagés l'année prochaine ?

— On n'a pas choisi encore, pas sûr. Ça ne te plaît plus tout ça, on dirait… Peut-être que c'est ta prof de violon qu'il faut changer, pas l'instrument. Elle est nulle. Je ne devrais pas dire ça, parce que c'est une collègue de ton père, mais c'est elle qui devrait arrêter la musique !

L'enfant éclate de rire, me prend la main, l'embrasse.

— Ma petite maman chérie.

Soudain, elle remarque quelque chose.

— T'as changé l'eau du bocal ?

— Non, pourquoi ?

— Il a un problème Hector.

Elle va voir, inquiète, mon cœur palpite, je vais enfin savoir si c'est ma vraie fille ! Elle pose son index contre la vitre de l'aquarium, comme elle a toujours fait pour appeler Hector, mais le poisson ne vient pas.

— Qu'est-ce qu'il a ? Il est bizarre maman, je te jure, il est malade je crois.

— Oui, il est bizarre, dis-je, en masquant mal mes larmes de joie.

Je chancelle, bouleversée d'avoir enfin ma réponse : je me suis trompée, je n'ai pas perdu ma fille, c'est moi qui déraille ! Nina se tourne vers moi, j'ai à peine le temps d'essuyer mon visage.

— Qu'est-ce que j'ai encore dit de mal ?

— Rien ma chérie, c'est moi, c'est maman qui dit n'importe quoi, je suis tellement contente, c'est tout.

— T'es contente parce qu'il est bizarre ?

— Oui mon ange, je suis contente parce que tu trouves qu'il est bizarre.

— C'est toi qui es bizarre.

— C'est pour ça que je suis contente. Tu comprendras un jour.

Je tâte son visage, ses épaules, ses cheveux, comme si je vérifiais qu'elle était bien réelle sous mes doigts.

— Ma petite fille, ma Nina.

Elle se laisse faire, le courant de gaieté nous contamine, l'amour circule de nouveau, je ne veux plus laisser ma fille sortir de mes bras, je ne veux plus m'évader de cette minute magique, nos retrouvailles, enfin, nos retrouvailles. C'est ainsi que Paul nous surprend, tendrement redevenues mère et fille, émues. Il n'a pas besoin de mots pour comprendre, mon regard heureux suffit. Il reste à l'écart, secoué de spasmes : l'euphorie vient remplacer ses tensions, je réalise que sa distance était sa manière d'être perdu combinée à sa peur de nous perdre. L'important maintenant, c'est que nous existons encore, ma fille et moi. Tout le reste peut bien mourir.

— Il a eu une belle vie Hector, tu sais, grâce à toi. Votre amitié c'était sa maison. C'est triste que les poissons ne vivent pas éternellement.

— Mais qu'est-ce que tu racontes maman, il est là Hector.

— C'est pas lui.

— …

— Regarde mieux.

— Tu dis n'importe quoi, c'est Hector.

— Tu es sûre ?

Je me redresse sévèrement et prends Paul à témoin.

— Ce n'est pas lui, Hector est mort ce matin, je suis allée en acheter un autre pour le remplacer, et elle ne fait pas la différence. Maintenant tu vas me dire que c'est bien notre fille qu'on héberge ?

Paul attrape l'enfant pour la soustraire à ma violence, tandis que je bondis sur eux, trahie. Il veut l'emmener loin de moi, traverse le salon en la portant tandis que je les suis comme un chien, mais c'est lui qui m'aboie dessus.

— Tous les poissons rouges se ressemblent ! Tu fais la différence, toi, entre deux gouttes d'eau dans la mer ?

— Quand on aime, on ne se trompe pas.

— Tu crois vraiment ce que tu dis ?

— Elle se fait passer pour notre fille, mais…

— Qu'est-ce que tu racontes maman ?

— Que tu le veuilles ou non Paul, cette fille joue la comédie.

— Ah bon, ce n'est pas notre fille, alors c'est qui ?

— Je ne sais pas justement, c'est ce que j'essaye de découvrir.

— Mais maman, je suis Nina, je te mens pas.

— Tu lui ressembles beaucoup, oui, mais on me la fait pas. Paul, enfin, réagis ! Tu ne vois pas que ce n'est pas la bonne ?… Hein ?… Ne me regardez pas comme ça.

Paul me sourit gravement. Je retrouve l'air éperdu qu'il avait quand on s'est rencontrés, sa manière de m'envisager à l'infini, le plaisir qui tremblait sur son sourire quand on déviait nos regards car c'était trop intense. Je vois sa tendresse revenue, elle est là, sa joie d'être à mes côtés, le bonheur de se connaître.

— J'aimerais que tu te rassures, et que tu entendes ce que je vais te dire : je ne veux personne d'autre que toi dans ma vie. Aucune autre femme et aucun autre poisson. Qu'elle te ressemble ou non, aucune femme ne m'intéresse, je t'aime toi, comme tu es. D'accord ?

— Pourquoi tu me dis ça ?

— Je ne veux pas te perdre.

Il me caresse les cheveux, j'ai l'impression d'être une petite fille détraquée entre ses mains, il avance à mots feutrés.

— Je te propose qu'on envisage les choses de manière rationnelle.

— Tu me quittes ?

— Pas du tout. Je voudrais que tu fasses un test ADN

avec Nina, c'est la seule réponse totalement fiable qu'on peut recevoir. J'aimerais aussi que tu puisses apaiser tes angoisses et qu'on sache ce qui se passe.

— Tu penses que je suis malade ?

— Je n'en sais rien. Je n'arrête pas d'y réfléchir, je t'observe, tu as l'air de te noyer dans un verre d'eau et ça ne te ressemble pas. Depuis l'anniversaire de Nina tu ne retrouves plus rien, tu perds tes clefs, tu perds tes mots, tu fais des liens invraisemblables entre de toutes petites choses qui te paraissent des montagnes… Moi, je ne crois pas que ce soit notre fille qui n'est pas revenue, je crois que c'est toi qui n'es pas rentrée de cette foutue soirée.

— Peut-être…

— Ce qui m'inquiète, vraiment, c'est que tu fais comme si nous, on n'était pas ta vie.

— C'est pas ça… Écoute, les autres, les lieux, les objets, je reconnais tout, mais cette gamine, non. Elle m'angoisse, elle m'angoisse. On dirait une poupée.

— J'ai pensé à une piste. En acoustique, quand il n'y a pas de signal c'est que la source émettrice est défaillante, ou bien que le message n'est pas transmis. C'est toujours du côté des circuits de circulation qu'il faut chercher. Je pense qu'il faut consulter un neurologue.

— Pour toi je perds la tête ?

— Passe les examens, qu'on soit rassurés. Je voudrais qu'on reprenne une vie normale… pour toi, pour moi, je n'en peux plus, la petite non plus.

Il colle son front au mien, nous respirons, il me parle sur le même tempo qu'il m'embrasse, avec douceur.

— Cette petite fille est bien ton enfant, mon enfant, personne ne te l'a enlevée, on ne t'a rien volé… ici c'est ta maison, personne ne t'a dépossédée de ta vie, tout ce que tu dis est extravagant et je t'aime.

— Moi aussi.

— Tu es d'accord, tu vas faire les tests ?

— Oui.

— Et tu vas arrêter de croire des choses qui n'existent pas ?

— Seulement si tu m'expliques pourquoi cette Nina, je ne l'aime pas.

Je dis ça sans penser que l'enfant est sûrement en train de m'épier. Paul ferme la porte entrebâillée de notre chambre, comme si nous calfeutrer pouvait annuler ce que l'enfant vient d'entendre, et qui l'a probablement bousillée. Nous restons lui et moi allongés parallèles dans le lit, deux lignes qui ne se touchent pas. Pendant des heures, le mot « extravagant » que Paul a prononcé à mon sujet tourne dans ma tête comme un oiseau piégé. En étant honnête, je dois lui donner raison, quelque chose cloche dans mon cerveau. Je liste silencieusement ce qui échappe à la logique. Si ce que je dis est vrai, où est donc passée ma fille et que fait-elle en ce moment ? Pour quelle raison Paul ferait-il semblant d'aimer cette enfant, si ce n'était pas la sienne ? Pourquoi personne autour de nous ne s'est aperçu de la supercherie ? Est-il réellement possible de se substituer parfaitement à une autre personne ? D'imiter une manière de se vexer, une allure, de connaître tout ce qu'on a déjà vécu ensemble, le volume entier des complicités cousues au revers implicite des conversations ? Je pense qu'on peut se comporter *à la manière de* quelqu'un, mais pas plus. Car il existe une barrière infranchissable, qui s'appelle l'intimité. Elle est faite des réflexes cachés du cœur, de tout ce qui gêne à se dire ou ne se prononce pas. Ce lien spécial, tendre et agité, est une citadelle imprenable, il fait de nous une famille ou bien un simulacre. Tout cela, je ne peux pas l'ignorer. Or je dois bien reconnaître que depuis son retour, l'enfant fait un sans-faute.

Je prends rendez-vous chez un neurologue. Il me demande de décrire mes symptômes. Il coche des cases dans mon dossier, tandis que je lui raconte ce qui me vient : l'inquiétante étrangeté, les vertiges, la confusion, la sensation que le vent touche les arbres sans m'atteindre, le petit chat aux yeux jaunes, les insomnies, la disjonction, ce délai qui se produit entre ce que je vois et ce que j'en ressens, mes maux de tête, ma vue percée, le radar dans mon crâne qui me flashe l'intérieur des paupières comme un appareil photo, les images fugaces concernant ma sœur, et puis surtout…

— Je ne reconnais pas ma fille.

Il me fixe.

— Quel âge avez-vous ?

— Quarante-trois ans.

— Je vous propose de suivre le dépistage de l'Alzheimer. Pas d'affolement, c'est une possibilité, il faut pouvoir éliminer les hypothèses.

— …

— Ça va madame ?

— Je ne sais plus. Depuis l'anniversaire de ma fille, je vis dans un cauchemar sans fenêtre et j'aimerais que quelqu'un m'aide à en sortir.

Nous recevons les résultats du laboratoire d'analyses d'ADN. La lettre confirme nos identités familiales et referme les possibles qui avaient envahi la friche de mon esprit. La génétique a pris le relais de mes certitudes : sur le papier sont alignées les données fiables, irréfutables et pas modifiables, d'un autre réel. Aussi vrai que la Terre est ronde, l'enfant qui vit chez nous est bien ma fille.

Paul jubile, certain qu'en quelques chiffres, la science a rangé notre vie à sa place. Je suis censée pouvoir maintenant trier le bastringue dans ma tête, au moins en partie, et accepter ce paradoxe : cette enfant n'est pas Nina, mais je suis sa mère. Je regarde ma maison, je me résigne : c'est bien ici que j'habite, sans oxygène.

Mais le soir même, une autre réalité commence, fracassante. Il est quatre heures du matin, c'est encore l'hiver, il fait dehors un noir spécial, un noir difficile. Pourtant, j'entends distinctement ma fille m'appeler au secours.

— Aide-moi, maman, aide-moi !

Je bondis hors du lit, entrouvre la porte de sa chambre :

l'enfant dort paisiblement, mais la voix continue de m'appeler, j'avance à tâtons, les bras tendus dans le colin-maillard de l'obscurité. Je vais ainsi jusqu'au salon, puis à la fenêtre, guidée par la température de ce timbre familier et chéri : *tu chauffes, tu refroidis, tu brûles, tu peux ouvrir les yeux.* À l'extérieur le vent hurle sur la ville, les toits sont entièrement recouverts d'un blanc charbon, j'ouvre la fenêtre, la neige s'engouffre chez nous en confettis et y projette plus distinctement encore la voix de ma fille.

— Aide-moi ! Maman, s'il te plaît, aide-moi !

Sous mes paupières, un flash m'aveugle, dans sa lumière subliminale je vois apparaître furtivement ma sœur… pas le temps d'attraper son image qu'elle repart se noyer dans ma conscience, et la nuit la recouvre. La voix de ma fille insiste, me supplie, je ne sais pas quoi faire, je me penche par la fenêtre dans le vide…

— Qu'est-ce que tu fais ?

Paul m'attrape par le bras, je sursaute. Son regard inquiet, mon air hébété. Il répète sa question mais la voix de Nina se superpose à la sienne.

— Au secours ! Aide-moi, maman, aide-moi !

— Qu'est-ce que tu faisais penchée comme ça ?

— Tu entends ? dis-je.

— Entendre quoi ? fait-il en refermant la fenêtre avec autorité.

— La petite fille ?

Il tressaille, ses yeux me maudissent, je ne lui laisse pas le temps de me gronder, j'enfile un manteau, ses mains veulent m'enfermer avec lui dans cette vie fêlée.

— Tu vas où ?

— Je ne sais pas.

Je réponds à l'appel, voilà tout.

L'instant d'après, je roule sans phares sur la parallaxe de la nuit, presque seule dans le centre-ville avec les quelques taxis qui zonent à la recherche de clients ; on est tous un peu perdus, on cherche à rentrer chez nous, mais c'est où « chez soi », ce n'est indiqué nulle part sur les panneaux. Je roule ainsi, des heures, je me décentre et puis soudain j'y suis : revenue. Sur le parking de l'hypermarché où a eu lieu la fête foraine.

Je me gare près du Lego géant du chantier, on se ressemble un peu tous les deux, on est en déconstruction, *résonance du champ magnétique*. Je coupe le moteur. Silence du monde. L'aube ouvre lentement le ciel, la neige a cessé de griser les toits, le blanc pèse lourdement sur le paysage amorti, blanc sans matin, blanc zéro. Je pense, sans ponctuation, *la neige a tout compris*. J'essuie sur mes cuisses mes mains givrées, fais quelques pas jusqu'au chantier, pourquoi ? Mes yeux glaçons me piquent. Les grues et les pelleteuses sont à l'arrêt, posées sur le contre-jour, j'aperçois aussi la rangée de sanisettes en plastique. J'éternue, un ouvrier silencieux se retourne vers moi, il fait partie d'un groupe qui se chauffe autour d'un brasero, parmi eux je reconnais celui qui a retrouvé ma fille. Il est grand, affairé. Ses collègues me désignent du doigt en riant et l'interpellent.

— Dis donc, tu lui as tapé dans l'œil à la dame on dirait !

Je réalise qu'ils parlent de moi. Quelle allure j'ai, sans doute, en nuisette, manteau et chaussons de laine, debout derrière le grillage, à scruter cet homme… Il se retourne, je lui fais signe de me rejoindre, il s'essuie les mains, surpris, dépasse ses collègues qui font tourner le thermos à café. Je me présente.

— Je suis la maman de la petite fille que vous avez retrouvée.

Je lui demande de me raconter les événements, je veux entendre l'histoire à sa façon, toute la vérité, dans sa perspective.

— Ça fait un petit moment maintenant, je me souviens pas très bien…

J'insiste. Il me déroule le même récit que la petite fille qui habite chez moi. Même ordre. Tout est semblable, c'est bien ce qui m'alerte ; on dirait qu'ils se sont mis d'accord pour écrire un texte récité sans rature. C'est trop parfait pour être vrai, il y manque un grain. Je commence à me demander ce qu'il cache… Il conclut qu'il a entendu du bruit dans les sanisettes, je m'enquiers :

— Elles étaient fermées ?

— Non.

— Ah !

Voilà une première dissonance dans leurs récits. Il renifle, mal à l'aise, je m'obstine.

— La petite fille aurait pu sortir toute seule donc, si ce n'était pas fermé ?

— Oui.

— C'est bizarre, elle m'a dit que c'était fermé.

— Peut-être qu'elle n'a pas osé sortir. Il faisait très froid.

— Vous y croyez ?

— Je ne sais pas. Ou bien la poignée avait gelé… à moins deux degrés, ça peut se gripper de l'intérieur, faut de la force.

— Je peux voir ?

Je suis certaine que cet homme connaît la vérité. Il me conduit aux sanisettes, m'en désigne une dont la serrure est défectueuse.

— Comme je vous ai dit, le verrou c'est pour la forme.

— C'était comme ça, vous êtes sûr, vous n'avez rien réparé depuis ?

— On est entre nous ici, pas besoin de fermer à clef. Et puis on n'a rien à cacher.

— Donc elle a menti.

Je le fixe comme une maîtresse qui attend de son élève une justification, il hausse les épaules, me propose une tasse de café, je refuse.

— Monsieur, est-ce que je peux vous montrer quelque chose ?

Je fige l'écran de mon téléphone sur une photographie de ma fille prise le jour de son anniversaire. Puis j'alterne avec une autre prise le lendemain, avec *la fausse* Nina.

— C'est cette petite fille que vous avez retrouvée, ou bien celle-là ?… Regardez bien.

L'ouvrier se gratte le crâne, perplexe, hésite.

— Elles sont pareilles, madame.

— Prenez votre temps, c'est très important.

Il désigne la seconde, la fausse, je blêmis.

— Vous êtes sûr ?

— Pour moi c'est la même petite fille.

— Je suis la seule à faire la différence parce que je suis sa mère.

— Je suis désolé, je peux pas vous aider plus, faut que j'y retourne, ils m'attendent. Et puis je ne veux pas d'ennuis avec la police.

Mon cœur se perce. J'essaye de le retenir.

— Et quand vous l'avez trouvée, elle vous semblait normale ? Ma fille à moi a les cheveux plus foncés, elle a disparu la même nuit, mais ce n'est pas elle qui est revenue ! Vous n'avez vu rôder personne ce matin-là ?

— Non madame.

— Celle-là, c'est l'autre enfant, ce n'est pas ma fille. La mienne, elle n'est pas rentrée !

L'homme est déjà loin, sa silhouette s'est fondue dans le bitume uniforme. Je stagne, pas envie de partir. Le grand hypermarché ouvre, les premiers clients s'engouffrent, je les suis bêtement, j'erre dans les rayons, je m'aperçois que ma petite nuisette dépasse de mon manteau et que mes chaussons sont trempés, je flope dans des allées qui mises bout à bout forment des kilomètres de solitudes. Impossible de faire le compte, tant il y en a, des boîtes de conserve et des promotions à perpétuité. Les haut-parleurs crachent du Johnny et vantent les mérites du jambon cuit à l'étouffée. Plus le matin grandit, plus je m'amenuise, quand soudain, un petit miracle se produit : j'aperçois Nina au rayon confiserie… elle attrape un paquet de bonbons crocodiles, ses préférés, *ma* fille, avec ses couettes, ses élastiques, sa manière si spéciale de mettre un pied sur l'autre quand elle est concentrée ! Elle déguerpit sans me remarquer, je cours à sa poursuite.

— Attends Nina, Nina, c'est maman !

Les clients me dévisagent, ma vue se trouble, l'hypermarché devient soudain un labyrinthe mouvant fait d'axones et de microns en réseau, un grand cerveau dont je dévale les allées synapses, pays étranger et étrange pays… Je me demande si j'ai rêvé… La petite fille réapparaît deux rangées plus loin, je l'interpelle, elle me fixe, étonnée, tenant la main de son papa, je réalise ma méprise : ce n'est pas du tout Nina. Je m'excuse et rejoins la sortie en hâte, contrite, tandis que j'aperçois la vraie, la réelle, déguerpir sur le parking. Cette fois j'en suis sûre. Tandis que son corps s'évanouit dans la profondeur de champ, je serre les poings, retenant de toutes mes forces cette réponse que personne ne me dérobera plus maintenant, qui n'est ni mathématique ni génétique : Nina est vivante. La retrouver. La retrouver. Mon cœur balbutie. Je ne parviens pas à bouger, je la garde au chaud dans la certitude de mon cœur. Maintenant j'ai assez de force pour organiser notre évasion, sortir de cette lente prison sans ciel. Nina reviendra dans cet hypermarché et qu'elle en soit certaine : je l'attendrai.

Peut-être que toutes les neiges se ressemblent, mais au microscope, aucun flocon n'est identique. Je vais donc vivre au microscope désormais, sous l'infrarouge des apparences. Sur la route du retour, je recalcule les paramètres de ma vie selon ce nouveau plan. Il me suffira d'en suivre les pointillés, de découper dans la feuille des mensonges la constellation du vrai. Ma seule intention est de démasquer la remplaçante et de la faire avouer. Paul ne doit rien savoir, j'ai définitivement perdu confiance en lui, je n'aime pas le rôle victimaire qu'il m'attribue. Mais j'exécuterai la partition exacte qu'il a notée pour moi sur l'étiquette : « femme fragile traumatisée, désorientée et triste, ça va passer ». Grâce à ce masque qui ne le dérange pas, j'existerai plus librement. Je compte sur le dévoilement naturel de l'évidence, sur sa puissance pour exercer une poussée irrépressible contre le faux, *par la force des choses*. Voici les nouvelles règles du jeu : puisque cette enfant fait semblant d'être ma fille, je ferai semblant d'être sa mère !

Ce numéro d'illusion commence dès mon retour à la maison. Je me glisse dans mon lit, me blottis contre Paul, lui prends la main, le caresse, lui fais l'amour joyeusement, par surprise. Tout à l'heure, quand j'ouvrirai les volets, je saurai que le ciel est retourné gentiment à sa place. Allegria. Allegria.

Le réveil sonne, j'ai à peine dormi mais j'ai dormi loin de mon ancienne peine. Paul me regarde longtemps, on se sourit. L'enfant apparaît au seuil de notre chambre. Je n'éprouve plus de colère contre elle, puisque je sais qui elle est. Au contraire, je suis même attendrie par sa présence un peu gauche, timide, toute chiffonnée dans son pyjama. En m'imaginant à sa place, j'accède subitement à un autre belvédère. Quel enfer ce doit être pour elle de craindre sans cesse que je la découvre, et d'improviser le rôle de quelqu'un d'autre, sans jamais pouvoir être elle-même ! Quelle force de caractère, à huit ans, de rester loin de ses vrais parents ! D'où vient cette force, j'aimerais bien le savoir. Peut-être que cette gosse fuit quelque chose de tellement grave qu'elle préfère rester chez nous, à l'abri dans notre famille d'emprunt… Je ne serais pas étonnée si un jour elle nous demandait de l'adopter sans chichis. C'est bouleversant son courage. Cette enfant me fait penser à une phrase de Koltès, dans *Combat de nègre et de chiens* : « Souvent, les petites gens veulent une petite chose, très simple ; mais cette petite chose, ils la veulent ; rien ne les détournera de leur idée ; et ils se feraient tuer pour elle ; et même quand on les aurait tués, même morts, ils la voudraient encore. » C'est la supplique du frère d'un homme assassiné sur un chantier et dont on n'a pas retrouvé le corps. L'homme vient voir les chefs, et tout ce qu'il leur demande, c'est le corps de son frère, il veut le retrouver pour pouvoir l'enterrer. Oui, c'est tout ce qu'il demande, la preuve de la mort et la dignité d'un cercueil. Ce n'est pas grand-chose, il veut que justice soit faite, que le meurtre de son frère soit reconnu plutôt que nié, pouvoir choisir la place de sa dernière demeure. Chaque nuit il affronte donc les miradors et il demande encore. Moi, devant cette petite fille, je me demande ce qui a écaillé son cœur, et qu'attend-elle de la vie ? À son obstination, je devine le poids d'un drame qu'elle porte lourd en bandoulière. Je suis touchée. Ce sentiment inédit crée un premier pont dans les circuits de mon cerveau. Je ne m'y attendais pas du tout. Je souris : cette enfant me rappelle celle que j'étais, l'enfant butée, j'aurais fait n'importe quoi pour sauver ma sœur, et n'importe quoi pour sauver ma mère du chagrin. C'était *ma force des choses*. Qui essaye-t-elle de sauver, cette petite fille ?

Je lui fais signe de grimper sur le lit. Elle cherche d'abord la validation de son père, puis s'approche de moi, méfiante. Pour la première fois, je réalise que cette enfant a besoin de moi. Elle se blottit entre papa et maman, je respire l'odeur de ses cheveux : c'est troublant, cette fois je reconnais l'odeur de ma Nina, même shampoing. Elle pose sa tête sur mon ventre et se laisse bercer par ma respiration. Son poids me rappelle ma fille quand elle était bébé ; je la couchais au sommet de mon nombril, petite boule délicate, elle s'endormait heureuse tandis que je posais ma main-feuille sur son dos, j'aimais l'observer monter et descendre sur le roulis de mon souffle. Des instants comme ceux-là, tout simples, sont jour de fête. En revivre un ce matin, c'est inouï ! Si ma fille était rentrée, nous aurions eu des moments comme ceux-là, sereins. Une famille sans chagrin.

Paul chatouille ses pieds, elle éclate de son rire pétarade. Je garde les yeux clos, il me semble qu'à l'écouter seulement, je peux croire que c'est vraiment elle. J'admire la perfection avec laquelle cette enfant l'imite. Combien d'heures de répétitions a-t-elle dû passer pour singer si parfaitement ce rire qui les met toutes deux à égalité ! Chapeau ! Paul attrape un coussin, ils se courent après autour du lit, je pose mon bras contre mon visage pour éviter les coups d'édredon, *c'est ça une famille*, je pense. Puis Paul part prendre sa douche et nous restons seules. L'enfant pose sa tête sur mon épaule. Les yeux toujours fermés, je goûte l'illusion du temps revenu, celui où Paul nous appelait « les inséparables ». Ça fait du bien, même si je ne suis pas dupe. Je demande, tout bas :

— Tu as bien dormi ?

— Oui, ça va.

— Tu ne t'es pas réveillée cette nuit ?

— Non.

— Pas de mauvais rêve j'espère.

— Non, pas cette fois, ou alors je ne m'en souviens pas.

— Tu es sortie ce matin ?

— …

— Dehors ?

— Ben non.

— Tu es sûre, tu es restée dans ta chambre jusqu'à maintenant ?

— Oui, pourquoi ?

— Pour rien. Je te crois. Il a plu. Si tu étais sortie tu aurais les cheveux mouillés. Et puis, sortir pour aller où ?

L'enfant s'écarte de moi, effrayée, je l'admire avec douceur, comme si je n'allais pas dire ce que je m'apprête à dire, gentiment.

— Tu lui ressembles tellement.

Elle se fige, et tourne son regard vers la porte où Paul, que je n'avais pas vu, nous a surprises. Il a un air que je ne lui connais pas : la colère peut-être, la déception, ou pire. En fait, il me jauge avec un irréparable manque d'amour.

Imagerie à résonance magnétique. Le neurologue me convoque car le cliché de mon cerveau a révélé une anomalie.

— Ici, vous voyez, la petite traînée blanche…, dit-il en l'indiquant avec le bout de son stylo quatre couleurs.

Selon lui, une résonance anormale crée du bazar derrière mes yeux, me noie dans un grabuge d'images cacophoniques, au point que je ne saurais plus distinguer dans quel spectacle je me trouve, la seule chose qui est certaine, c'est que je me noie.

— On peut éliminer la piste Alzheimer. Ces petits traits, ce sont des lésions.

Je le fixe comme s'il était un papillon naturalisé au musée de mon subconscient. J'emprunte malgré moi ma voix d'enfant.

— Il y a quelque chose de cassé à l'intérieur de moi ?

— Cassé ? Non. Mais ces lésions peuvent entraîner un dysfonctionnement entre votre reconnaissance visuelle – qui se situe au niveau du lobe inférieur, là – et le complexe limbique, en particulier l'amygdale, ici. Ce qui pourrait expliquer cette interruption de vos sentiments, tout ce que vous éprouvez avec certaines personnes et pas avec d'autres, vos défaillances communicationnelles.

— Mes défaillances communicationnelles ? dis-je en écho.

Il neige donc dans ma tête d'un blanc effaçable et moi, je cherche mon territoire. Je souris, songeuse : *Alors ce n'est peut-être pas de ma faute ?*

Ce soir, au dîner, je souris. Impossible de confier à Paul ce que le neurologue m'a dit ce matin : ces lésions qui m'inquiètent et m'apaisent. Je crains qu'il utilise cette nouvelle comme une arme pour m'assigner à résidence, au pavillon des folles. Or je ne le suis pas. Mais une mélancolie m'étreint la gorge, j'identifie le retour de l'angoisse, blanche comme une angine. Dans le silence fictif du dîner, je fixe sans bouger les rayures bleues et blanches du broc d'eau sur la table, et les craquelures du temps sur la céramique. Je m'imagine que mon cerveau ressemble à ça : strié de rayures, mauvais trente-trois tours, et ces derniers mois tombent en ombre dépliable comme une persienne sur un balcon sans vue.

— Ta journée s'est bien passée ? me demande Paul.

— Oui.

— Tu as des nouvelles des tests ?

— Pas encore. J'adore la fin de l'automne moi, qui veut de l'eau ?

Malgré les grandes déclarations d'amour que Paul m'avait faites dans l'intimité, il a confié son désarroi à notre entourage, ses amis proches, dont certains sont aussi les miens, mais ils ne m'en disent rien. Je l'apprends par hasard en croisant une amie commune, on prend un café, je veux savoir pourquoi elle me fuit, et elle me confie son malaise. Dans mon dos, Paul s'affole, il raconte qu'il a peur de laisser l'enfant seule avec moi, qu'il se passe des scènes étranges en son absence. Il redoute l'état dans lequel il va me trouver en rentrant à la maison, la boule au ventre. Voilà ce qu'il crache à mon insu, ainsi que d'autres méchancetés qui, plus tard, se retourneront contre moi au procès. Je suis sidérée par la force de l'omerta. Les amis ont choisi leur camp, aucun n'a voulu entendre ma version, je me sens condamnée d'avance, j'ai honte, j'écourte le café.

Un samedi, Paul propose qu'on sorte s'amuser tous les deux et m'impose de faire garder l'enfant par ma mère, à qui je ne parle plus depuis longtemps. J'accepte, à condition de rester dans la voiture, pas question de remettre un pied dans cette maudite maison. Alors quand Paul et la petite fille traversent mon jardin d'enfance, j'attends, garée devant le portail, c'est moi l'étrangère. Une ombre passe devant les phares allumés, elle bouge et crée un effet stroboscopique, j'aperçois alors une petite présence familière qui me scrute : je le reconnais, c'est le chaton aux yeux jaunes ! On dirait qu'il m'attend. Je descends de la voiture, lui tends la main, il déguerpit, s'arrête quelques pas plus loin, m'attends à nouveau, je décide de le suivre, nous arrivons ainsi, apeurés, jusqu'au bout du jardin, au bord de la rivière. Une voix crie mon nom puis se perd dans le vent, je ne fais pas le lien entre cette voix, mon nom et moi. En fait c'est Paul qui me rejoint, essoufflé, pressant : il a réservé une table au restaurant, on va être en retard. Il me provoque.

— Ta mère a été très gentille, elle ne comprend pas pourquoi tu continues à lui faire la tête, ni ce que tu lui reproches.

— Et toi non plus, c'est ça ?

— Je trouve que c'est cher payé pour un petit mot déplacé, voilà.

— Les mots déplacés de ma mère, tu me laisses en évaluer le prix !

Au restaurant, Paul répète en boucle aux copains combien il est content de les voir, et c'est surtout une excuse pour trinquer. En un quart d'heure d'apéro, il s'enfile trois whiskys, puis enchaîne les verres de rouge sans compter, comme des cacahuètes. Au début on parle de tout et de rien, mais à mesure qu'il boit, l'ambiance se tend et les autres le scrutent avec un air d'encouragement. J'ai un mauvais pressentiment. On dirait que Paul boit pour se donner du courage, qu'il a l'intention d'obtenir quelque chose de moi. Les rires se font plus automates, les silences plus gluants, le temps semble freiné par une appréhension, un peu à la manière d'un public juste avant le lever du rideau. Je comprends soudain que cette soirée entre amoureux était un piège. D'ailleurs, ça ne loupe pas, Paul lance la conversation sur le thème de nos discordes.

— Ahhh l'arrivée d'un enfant, ça chamboule tout, mais qu'est-ce qu'on ferait sans eux, hein ?

Les amis ricanent, mal à l'aise. À propos de quoi au juste, je ne sais pas, mais ils paraissent complices. J'essaye d'attraper un regard à la rescousse, mais ils m'évitent ou m'arrosent de sourires élargis. La gêne circule autant que l'alcool. Je suis en alerte, je connais trop bien cette agitation particulière chez Paul, sa manière spéciale de gigoter comme un fumeur démangé par son besoin de cloper ; c'est le signe qu'il va perdre le contrôle.

Il lève son verre en guise de toast.

— En ce moment, ma petite femme chérie a beaucoup de mal avec sa fifille, hein, c'est vrai, c'est compliqué entre vous à la maison. Figurez-vous qu'elle trouve que ma fille change trop vite. Je dis *ma fille* parce qu'apparemment, ce n'est plus la sienne…

— Arrête !

— Ah non ma chérie, je commence à peine, on est là pour s'amuser, non ?

S'ensuit un silence de mort. Paul écluse un autre verre cul sec, content de son effet.

— Tenez, j'ai une devinette, le premier qui trouve a gagné : qu'est-ce qui a huit ans, les cheveux châtains, une mère prof de peinture, un papa concertiste et que vous connaissez tous depuis sa naissance ? Réponse : Nina.

— Il est saoul, dis-je.

— Oui je suis saoul, je suis même un peu beurré et ça me fait du bien de sortir, qu'il y ait des témoins, que tu puisses mesurer un peu ta folie ! Vous savez ce qu'elle s'invente ? Accrochez-vous bien. Est-ce que vous croyez aux extraterrestres ?

— Tu arrêtes maintenant, Paul, ça suffit.

— Selon elle, la nuit où Nina s'est perdue, une autre petite fille venue de l'espace, j'imagine, est descendue sur notre planète pour la remplacer… et elle se fait passer pour elle… et nous tous là, on n'a rien vu ! Il n'y a que sa maman qui l'a deviné parce que Madame sent ces choses-là, elle sait de quoi elle parle, nous les pères on est trop cons. Donc là, tel que vous me voyez, je serais le papa le plus débile du monde puisque je vivrais avec une fille qui n'est pas la mienne, sans m'en apercevoir… et pourtant, c'est fou ce qu'elle lui ressemble chérie, hein, ils ont fait des progrès les petits hommes verts en clonage de petite fille, on n'arrête pas la science !

Je me lève, humiliée.

— J'y vais, bonne soirée. Amusez-vous bien.

Paul m'agrippe par le pull, me force à me rasseoir.

— Ah non, tu restes ! Tu vas nous expliquer tout ça, tu restes !

Je me dégage, il manque de tomber à la renverse et part dans un rire cruel, je me barre payer à l'entrée, son rire m'accompagne, il continue…

— Elle fait toujours ça, voilà, à la moindre contradiction, elle se casse, vous avez vu ? Je ne sais même pas où elle va la nuit, elle est devenue complètement dingue… T'es où la nuit Emma, tu peux nous dire ? Qu'est-ce que tu fais ? Reviens !… Bon, tant pis pour elle, qui veut un digestif ? Patron ? La même, c'est ma tournée !

Paul se casse la gueule de sa chaise. Je suis obligée d'aller récupérer mon épave de mari et de le ramener à la maison.

Il monte dans la voiture en titubant. À peine ai-je démarré qu'il se met à jouer bêtement avec le bouton de commande de sa fenêtre. Je me retiens pour ne pas répondre à ses provocations, mais quand il est ivre, il a l'art de continuer jusqu'à ce que je cède en perdant mes nerfs.

— Paul, ferme la fenêtre s'il te plaît, j'ai froid… Tu fais chier maintenant, arrête.

— Oh là là, t'as plus d'humour.

— Ferme-la !

— Elle fait du boudin ?

— Ferme-la je te dis : ta fenêtre et ta gueule !

Il appuie sur ma cuisse avec son index, comme un gosse qui vérifie si un animal est vivant ou mort, si un parent est bien endormi ou fait semblant. Je lui saisis le poignet de toutes mes forces.

— Me touche pas.
— Qu'est-ce qui ne va pas ma chérie ?
— Ah t'es content de toi hein.
— Je vois bien que t'es vexée…
— C'est bon, on l'a eu ton beau spectacle ce soir, bravo, tu m'as bien humiliée, pas la peine de continuer, t'as plus de public.
— Ça y est, l'hystérique est de retour.
— Insulte-moi, je m'en fous.
— Tu vois, moi je suis très calme.
— Pauvre type.
— Caaaalme, très très caaaaaalme. Pourtant, je vis avec une cinglée.
— Bon allez stop, tu descends. Descends.
— Totalement disjonctos, grillée panne de courant m'aider m'aider téléphone maison, E.T. go home.
— Ça suffit. Tu sors et tu te démerdes pour rentrer.
— Femme HS, pétée cassée kaput.
— Je te préviens, tu dors sur le canapé.
— Fêlée, plombs sautés, interrupteur défaillant, maboule.
— Mets ta ceinture putain, ça sonne. Et pousse-toi, je vois pas la route.
— Tournez à droite puis, arrivé à ma femme, surtout, faites demi-tour.
— Je me demande ce qu'on fout encore ensemble.
— Attention !!!

Il braque mon volant à droite pour éviter un obstacle, la voiture dérape, fait une embardée puis se stabilise.

— Ça va ?

— Ça va.
— Rien de cassé ?
— Non. Toi ?
— Non.
— C'était quoi ?
— J'sais pas.
— Un chaton je crois.

Le lendemain, Paul n'est toujours pas en état d'aller récupérer l'enfant chez ma mère, je m'y colle. J'ai pris conscience que nous avons brodé ensemble un motif récurrent dans notre relation, dont je ne veux plus : me plier à ses exigences. Notre union est une sorte de rue étroite avec un sens prioritaire à la descente, celui de Paul. Il passe en premier, c'est ainsi, il a décroché le premier rôle. Le soir, quand il rentre, je dois d'abord écouter le récit de sa journée, avant qu'il me demande *et toi ?*, mais c'est rhétorique, une simple relance sans grande vigueur placée en fin de phrase juste avant le dîner. J'ai pris l'habitude de ne pas terminer ni mes plats ni mes mots, pour éviter d'être coupée au sécateur de son désintérêt. Personne ne remarque que ma parole est abrégée, pas même moi. J'ai pris le pli. Cela se joue dans les inéclairés du temps, en catimini. Mais ce matin, je n'en peux plus. Ces pensées désagréables sautent en pop-corn dans ma tête, sous la forme biscornue de petites questions. Elles viennent fissurer l'édifice de mon esprit. C'est le réveil : Paul et moi partageons une vie commune, mais pas réciproque. Pour lui, je ne suis plus une surprise, je suis devenue un piano ordinaire et il est persuadé de me connaître « sur le bout des doigts ». Peut-être que la vie n'est pas faite pour le genre d'amour que je réclame. Ou bien que cet amour n'existe pas, ne dure pas. Sans doute les êtres humains aspirent-ils au repos, aux certitudes, à l'attente douce que le jour commence et que le jour finisse. Peut-être se contentent-ils des beaux clairs de lune, et que cette vie renouvelable et intense que j'appelle à tout prix ne convient pas à tout le monde. Je fais partie des suffocants.

Nous arrivons au portail devant la maison de ma mère, je me gare, Paul descend en titubant et se recoiffe aux doigts dans le miroir du rétroviseur. J'appréhende de traverser le jardin, passer sous la corde à linge à côté de la balançoire rouillée, retrouver l'odeur d'oignon et d'eau de Cologne de maman. Je demande à Paul de faire seul les salamalecs : moi, je reste sur le perron, malgré le vent qui tourne. Il entre. Le ton exagérément déçu de ma mère l'accueille, elle sait que j'entends.

— Oh elle reste dehors, par ce froid ? Tu es sûr qu'elle ne veut pas rentrer ?

Elle vient d'endosser sa cape d'inquiétude, celle qui rend son sadisme invisible aux étrangers. Je la connais sous toutes ses coutures, la réplique phare c'est toujours : « Toi ma fille, on ne sait jamais comment te parler, avec toi on marche sur des œufs. » C'est vrai, elle a raison : je suis les œufs que ma mère poule piétine depuis que je suis petite. Son poids sur ma vie les écrase, les uns après les autres : mes désirs, mes élans, mes joies, mes espérances, mes choix. Quoi que je fasse, je finis en omelette.

Elle tend le sac de l'enfant à Paul pour qu'il vérifie ses affaires. Tout y est. Ne sachant quoi se dire de plus, ils s'échangent quelques banalités usées.

— Ça s'est bien passé ? Tant mieux.

— C'est une petite fille tellement adorable, elle a grandi hein, ce qu'elle ressemble à sa maman.

Paul sort quelque chose du sac, demande si ça appartient à Nina, ma mère se réjouit.

— Je lui ai donné, elle a joué avec toute la soirée, c'était dans la chambre des filles.

Je comprends qu'il s'agit de la poupée de Rosalie ! Je franchis le seuil et l'arrache des mains de ma mère.

— Tu lui as donné ?

— Oui, elle était à toi.

— Non elle n'est pas à moi.

— Allez, on y va, merci pour tout, je crois qu'on n'a rien oublié ! ordonne Paul.

L'enfant veut récupérer la poupée.

— Donne-la-moi maman, s'il te plaît, c'est la mienne maintenant.

— Je t'interdis de jouer avec !

— Mamie me l'a donnée ! C'est ma poupée !

— Non ! Ce n'est pas possible ! C'est interdit !

— Pourquoi ?

Ma mère intervient pour jeter de l'huile sur le feu, comme d'habitude.

— Je me suis trompée Nina, allez, on ne va pas faire des histoires pour rien.

— Pour rien ?!!!

— Ce n'est qu'un joujou Emma, n'exagère pas !

— Non, justement ! Ce n'est pas qu'un joujou !

— Mais enfin qu'est-ce que ça peut te faire, t'as passé l'âge de jouer à la poupée, non ?

— C'est celle de ma sœur !

Ma colère m'entraîne trop loin, le courant électrique se coupe dans mon cerveau, je ne sens pas le sol quand mon crâne heurte le tapis, je disjoncte : perdre Rosalie, perdre Nina, perdre connaissance.

Je ne sais pas combien de temps dure l'éternité dans ces cas-là, quelques minutes, une heure ? Les secondes comptent pour des années, elles se calcifient. Lorsque je me réveille de ce coma passager, je suis assise sur le fauteuil dégueulasse de ma jeunesse. Paul et ma mère sont à mon chevet, complices.

— Mettez-lui du sucre directement dans la bouche, Paul.

— Bois un verre d'eau, tiens ma chérie, bois… Ouvre la bouche. Ouvre la bouche.

— Il faut que tu boives.

— Elle nous entend ?

— Je crois qu'elle ouvre les yeux.

— Maman ? dit la petite fille.

Elle s'approche et caresse ma main, je ne l'avais pas remarquée, oh là là non, n'ouvre pas les yeux, je veux m'en aller de ma vie, laissez-moi m'en aller. Des images du passé se reforment bruyamment dans ma tête, je retourne à l'enfance de Nina, ses cinq ans, la fois où elle m'avait dit, très sérieusement : « Tu sais maman, parfois, je ne me souviens plus de moi. »

Ma seule échappatoire est de mimer le sommeil. On n'est plus dérangé quand on dort, c'est comme avoir la permission de minuit à toute heure, en restant à la maison. Je les laisse donc m'allonger dans le petit bureau à côté du salon où ils prendront le café, j'imite une grande poupée molle, totalement à leur merci. Ils regagnent la table du salon et l'enfant part se balader dans le jardin. Au cliquetis des tasses qui s'entrechoquent sur le plateau, je devine que ma mère a sorti sa fausse porcelaine blanche, avec la petite soucoupe assortie, la petite cuillère imitation argent, le petit sucre humide et le gâteau en sachet venu d'un paquet qui a connu trois septennats. Sans oublier la serviette avec les initiales de papa brodées dessus.

D'abord, Paul ne dit rien. Il se sent probablement comme un gamin envoyé par ses parents récupérer des œufs chez la voisine. Il se racle la gorge, de cette manière qui n'appartient qu'à lui quand il est mal à l'aise. Puis il enchaîne sur leur conversation laissée en suspens. Il étale notre intimité.

— Elle est agressive avec la petite, elle lui dit des choses invraisemblables, bizarres.

— Bizarres ?

— …

— Qu'est-ce qui se passe Ariane, vous êtes toute pâle, ça va ?

— Je crois qu'il y a quelque chose que tu dois savoir. J'espère qu'elle ne m'en voudra pas.

À ces mots, je devine que ma mère va lui livrer le récit qu'attend Paul, une fiction assortie à sa peur. Ce sera un tissu de mensonges, et il va tout gober. Déjà, il se met au diapason du drame, ajustant le bon vocabulaire et la bonne tonalité aux faux-semblants de ma mère, comme deux acteurs s'accordent avant de jouer la même scène.

— Vous m'inquiétez.

— Est-ce qu'elle t'a parlé de ce qui s'est passé à la mort de Rosalie ?

— Oui. Bien sûr. C'est... C'est tellement... Sincèrement je suis très touché par l'épreuve que vous avez traversée. Perdre un enfant. C'est... Le seul mot qui me vient c'est : épouvantable.

— Il n'y a pas de résilience pour ça. Le temps s'arrête, c'est tout. C'est tout ce qu'il y a après. Le temps s'arrête, il ne sert plus à rien.

— Votre mari n'était pas vraiment là si j'ai bien compris... c'était très courageux, toute seule... souvent je me mets à votre place... la nuit où Nina a disparu, j'y ai repensé... mais je n'ai pas votre force de caractère. Je n'aurais pas survécu à un chagrin comme ça.

— Personne ne tient Paul, ça tient tout seul, ça tient mal et ça ne tient pas.

Maman est submergée par l'image de sa petite Rosalie s'enfonçant dans l'eau de la rivière. Elle a blêmi d'un ton, Paul s'affole.

— Vous avez froid ? Tenez, prenez mon manteau sur vos épaules, si si, j'insiste, voilà, vous serez mieux, je vous sers, buvez un peu de café chaud. Ça va aller. Ça va aller.

— Je peux vous faire confiance ? Ça reste entre nous ce que je vais vous raconter ?

Maman a repris sa voix d'il y a quarante ans, pâteuse.

— La petite a vu sa sœur se noyer sous ses yeux. Elle n'a rien pu faire, elle ne savait pas nager.

Toujours allongée dans le bureau d'à côté, je les entends renifler, se servir une autre tasse de café, sans sucre cette fois : même si je ne vois rien, je vois tout. Maintenant que ma mère lui a dévoilé notre secret, Paul connaît les interdits de mes souvenirs. Le visage de maman prend sans doute la couleur vert-gris un peu malade que je lui connais, celle du fond de la rivière qui passe dans le jardin. Sa mâchoire se rouille dès qu'elle plisse les yeux sur le passé.

— Elle ne vous l'avait pas dit ?

Je frémis. J'entends la pluie picoter les carreaux, le silence médusé de Paul ponctué par les pizzicati des gouttes aux fenêtres, je me surprends à ne pas penser à l'enfant qui risque d'être trempée, mais non, je ne m'inquiète pas pour elle. Je ne me sens plus concernée, comme si je m'étais délestée de toute responsabilité maternelle. Quant à ma mère, elle déploie la suite du récit de notre vie avec une facilité choquante, comme si ensemble, avec Paul, ils étiraient un drap pour le mettre à sécher.

— Après *ça*, la petite a perdu sa voix. Et puis après, elle a perdu l'appétit. Elle ne grandissait plus.

— Comment ça ?

— On était très soucieux, elle ne changeait pas de taille, pas de poids. La nuit, je la retrouvais assise sur son lit, elle ne bougeait plus, elle regardait la lucarne de leur chambre ou bien elle fixait le lit de sa sœur pendant des heures. Personne n'avait le droit de toucher à ce lit, pas question de changer les draps, ou même de s'asseoir. Parfois, à quatre heures du matin, elle restait debout dans le couloir, gourdasse, je ne sais pas ce qu'elle attendait, impossible de la recoucher, elle se relevait comme un ressort. Dans la journée, elle pouvait observer des choses invisibles sans un seul mouvement, pendant longtemps. Quand vous avez dit tout à l'heure que vous la trouviez « bizarre », ça m'a fait un choc, c'était comme ça qu'ils l'appelaient les autres gamins à l'école, « la Bizarre ». Vers ses huit ans peut-être, oui c'est ça elle devait avoir huit ans, elle a fermé sa bouche et ne l'a plus ouverte pour parler. Ma fille est devenue un mur. Ça a duré trois ans.

— Trois ans ?

Mon corps bondit malgré moi, je suis soudain devant Paul, pleine d'une rage que je ne peux pas expliquer mais qui hante, j'accuse.

— Tu la crois ? Hein ? Sauf que tu ne sais pas de quoi elle est capable ! Et puis de quel droit, toi, tu étales notre vie devant elle ? Ce que je vis chez moi, ce qui se passe chez moi, c'est à moi, d'accord ? À moi !! Ça m'appartient !

Je me tourne vers ma mère, je tremble ; devant elle je rétrécis toujours comme un pull pour enfant. J'essaye pourtant de me redresser, maladroite, et je la pointe du doigt comme faisait papa.

— Tu ne parles pas à ma place quand ça me concerne maman, je ne suis plus ta poupée, c'est compris ?

— Excuse-moi ma chérie, je croyais que ton mari était au courant… je ne pensais pas que tu avais des secrets pour lui.

Réponse de serpent. Elle jubile, je me tourne vers Paul et lui crache mon passé à la gueule, il coule de ma bouche comme de la lave.

— Elle t'a pas tout dit. Tu veux la vérité ? Après la mort de Rosalie, ma chère petite maman s'est barrée ! Elle nous a abandonnés, moi et papa, pendant des mois. Soi-disant partie chez une cousine, tu parles ! Je n'ai jamais su où elle était. D'ailleurs, la fameuse *cousine*, je l'ai revue des années plus tard, je lui ai posé la question : eh bien elle n'était même pas au courant que ma mère devait venir chez elle ! De toute façon je savais que c'était un mensonge. T'étais où maman ? Quand est-ce que tu vas répondre ? Qu'est-ce que t'as foutu quand t'es partie ?

Ma mère me fixe de ses yeux coupants, et joue son aria majeure, son solo d'étourdie.

— Partie ?… Moi, partie ?

Voilà qu'elle replie encore la réalité dans son petit mouchoir de déni, telle une nappe qu'elle ralongerait à vue, celle qu'on ne sort que pour les grandes occasions.

— Partie ? Tu es sûre ?… Oh c'est tellement loin. J'ai dû prendre un week-end pour moi, oui, c'est normal, mais je ne suis pas *partie*, non.

— Tu mens !

— Tu dois confondre, tu étais si petite à l'époque, oui tu confonds, tu ne sais pas de quoi tu parles… tu sais, les choses sont bien plus compliquées que tu ne crois.

— C'est ça, j'étais trop petite, et maintenant, je suis trop conne.

Je claque la porte, j'en ai assez entendu, je traverse le jardin brumeux où j'ai grandi et puis cessé de grandir. Rien n'a changé, même nature. Il y a cette corde à linge qu'on devine par l'alignement irrégulier des pinces en bois, quelques torchons qui flottent en berne. Il y a cette balançoire où nous aimions tant danser, avec Rosalie. Le dimanche, c'était notre cabane à oiseaux, une étagère à fleurs, un totem à secrets. Ma sœur et moi, on aimait transformer les objets et leur donner une vie différente, doubler la chance en diagonale. Notre balançoire devenait alors un balcon, le chapiteau d'un cirque sur lequel pleuvait un arrosoir qu'on recyclait avec notre imagination pour en faire un gros éléphant. Je me souviens du rire de Rosalie : c'est un tatoo.

Elle est partout dans le jardin où je marche sans elle, elle est ici et là-bas, dans nos jeux lointains… j'aperçois une silhouette au bout du jardin, une petite fille on dirait, assise là où passe la rivière sans barrière, Rosalie ? J'accélère, mon cœur s'essouffle, je parviens à sa hauteur, elle ne se retourne pas mais je la reconnais à son blouson : c'est l'enfant qui vit chez moi. J'avais totalement oublié qu'elle était partie se promener. Elle ne m'entend pas arriver, elle se tient de dos, enfermée dans la musique de ses écouteurs. J'observe couler la rivière noire dans l'obscurité pâle, mes yeux se givrent, j'ai honte, mais d'où vient-elle cette honte ? Je pose mon châle sur les épaules de l'enfant, elle sursaute, me scrute et ne dit pas merci.

Depuis notre visite chez ma mère, Paul a changé d'attitude. Il est plus attentionné avec moi, il s'occupe de l'enfant sans me faire de reproches, il ne rejoint plus son piano après dîner pour y passer sa soirée. On dirait que j'existe.

— J'aurais dû rester avec toi, j'aurais pas dû me barrer en voiture et te laisser seule ici, je suis désolé. J'imagine ce que ça a réveillé pour toi, évidemment, si j'avais su…

Le calme de Paul me sécurise. Il a raison : j'aperçois moi aussi des croisements dans les lignes de mon histoire, même s'ils restent encore abstraits. Mes souvenirs sont comme des fils électriques pas encore reliés par leur chemin d'émotions, pourtant il existe un nœud où se rassemblent la mort de ma sœur, la disparition de Nina et l'ellipse brutale du sentiment qu'elle est ma fille. Je me sens coupable d'accuser ma mère, sans pouvoir dire exactement ce qu'elle a fait. Coupable de ne pas reconnaître mon enfant, sans savoir pourquoi cela m'arrive, s'en va, revient. Coupable de ne pas les avoir sauvées de la nuit, ma fille et ma sœur, sans savoir si c'est vrai. Coupable, ce sentiment ne me quitte plus. Il se dilue en aquarelle sur les événements, par contagion, mêlant les époques dans une même humidité temporelle. Si bien que ce qui accède à ma conscience me paraît déformé sous l'effet d'une illusion d'optique : mon cerveau crée de fausses liaisons et de fausses lésions, qui pointent pourtant vers le vrai.

Paul affirme qu'il veut m'aider, d'accord, je me confie à lui de ma voix qui tremble dès qu'elle se penche sur ma mémoire, suivant un tracé sans appui, main levée dans le vide.

— Maman est partie plusieurs mois. Mon père ne faisait pas attention à moi, il s'en foutait, il estimait que je savais m'occuper et sinon, j'avais qu'à apprendre. Il fuyait son chagrin, je devais trop lui rappeler ma sœur. J'avais cinq ans moi, je ne comprenais rien : pourquoi elle est partie maman, qu'est-ce que j'ai fait, pourquoi elle ne rentre pas. J'allais même plus à l'école, je passais la journée assise devant le portail, comme un petit chien, et j'attendais, je ne bougeais plus. J'attendais maman. Toute la journée. Jusqu'à ce que mon père revienne, souvent tard, il faisait nuit, et il me gueulait d'aller me coucher, sans me demander si j'avais mangé ou pas. Il faisait à peine les courses. Et puis un matin, maman est revenue. Voilà, c'est tout : elle est rentrée à la maison, une baguette de pain sous le bras, on aurait dit qu'elle était simplement partie plus tôt à la boulangerie pour nous faire la surprise au petit déjeuner. Je la regarde… sidérée, je n'y crois pas, je pense même que c'est un fantôme, eh bien non, elle me fait une petite caresse sur les cheveux et pose ses affaires sur la grande table du salon, comme d'habitude, puis elle enlève son manteau déchiré et se met à râler parce qu'elle trouve qu'il fait froid, ensuite elle disparaît dans la cuisine se faire un petit café. Pas d'explication. Rien. C'était tellement dingue, mais tellement dingue ! J'ai cru que j'étais folle, je te jure, j'ai cru que je m'étais endormie une seule nuit qui aurait duré des mois, comme Alice au pays des merveilles… j'ai même regardé dans le jardin pour vérifier qu'il y avait bien une rivière. J'étais soulagée et paniquée, j'avais peur qu'elle reparte, je ne savais plus si elle était rentrée, ce qu'elle allait faire. Après c'était fini, je ne l'ai plus lâchée et j'avais l'impression que c'était pas ma mère… Je pensais que c'était ma faute si elle était devenue comme ça et si elle était partie ; j'avais pas été assez gentille alors que ma sœur Rosalie, elle était plus douce que moi, plus calme, elle était « préférable », comme disait maman.

Les semaines suivantes sont de plus en plus douloureuses, je dois annuler mes cours plusieurs fois, incapable de quitter ma solitude. Je ne me sens pas présentable. Le directeur de l'UFR s'inquiète pour les étudiants et la validation du prochain semestre, je promets que je rattraperai le temps perdu, mais tout bas, je commence à trouver que mes cours passés aux Beaux-Arts n'ont plus d'utilité. Clothilde couvre mes absences, elle ne m'en demande pas la raison, elle m'aime bien, ça lui suffit. Moi aussi, je l'aime bien, pourtant, on ne s'est jamais parlé en dehors du travail, on n'a jamais rien abordé des zones personnelles où commencent les amitiés. Entre nous c'est autre chose, un respect naturel. Les heures libres que j'ai pour moi, c'est pour aller sur le parking de l'hypermarché, et attendre Nina dans ma voiture. Je veux tenir ma promesse, être là quand elle revient, même si ce rendez-vous a été pris sans date.

Quand je fais des pauses, je bois un café machine devant le mur des petites annonces et je discute avec les gens : ceux de passage, et les habitués. Ils me demandent ce que je fais là toute la journée, je dis la vérité : j'attends ma fille, elle a disparu. À certains, je montre sa photo. Ils me soutiennent de leur compassion, et dans l'hiver qui s'est abattu cruellement dès novembre, je fais ainsi ma petite récolte de chaleur humaine. Ce n'est pas suffisant pour me réanimer, mais assez pour m'empêcher de m'éteindre. Ces énigmes m'effraient, oui, mais nous cohabitons. J'associe la neige à l'attente, nous sommes devenues amies.

Un jour, un passant me dit :

— Je sais ce que vous vivez, ça porte un nom, il s'agit d'un deuil. Un deuil blanc.

— Blanc ?

— Oui, c'est quand la personne qu'on a perdue n'est pas morte, elle existe encore, mais on ne la retrouvera jamais.

Blanc. Cette pensée me jette dans le vide.

Le soir même, je m'accroupis près du lit de ma fausse fille, et d'une voix douce, à la manière d'un secret, je dis :

— Je ne sais pas ce que tu fais chez moi, je ne sais pas qui tu es, je ne sais pas pourquoi tu fais ça : t'habiller comme elle, l'imiter. Tout le monde croit tes bobards, pas moi. Je suis la maman de Nina et toi, je ne te lâcherai pas tant que je n'aurai pas eu de réponse. Je veux que tu me rendes ma fille, t'as compris ? Sinon, je te dénonce aux flics !

Paul me redemande les résultats des examens neurologiques, je ne mentionne toujours pas mes lésions, je parle seulement de quelques tests.

— Mon audiogramme est normal. Le soir où j'ai entendu la voix de la petite fille, apparemment ce n'était pas une hallucination auditive, mais ils ne savent pas d'où ça vient. Par contre, bonne nouvelle, je n'ai pas d'Alzheimer.

— Bon, tout ça est rassurant. Ils continuent de chercher alors ?

— Oui. Tu sais, ça va beaucoup mieux. Je me sens mieux.

— Je suis content que tu aies fait cette IRM, et puis avec les résultats d'ADN, ça t'a permis de remettre les choses dans le bon sens, ça nous a fait du bien, heureusement que j'ai insisté.

— Oui, heureusement. Merci.

— Maintenant… on ferme le chapitre ?

— Évidemment. Jusqu'à preuve du contraire.

— Pardon ?

— Je plaisante.

Paul fait semblant d'être convaincu, et moi de croire qu'il l'est, mais la seule qui a compris que je ne plaisante pas c'est la petite fille. Elle m'écoute depuis sa chambre, j'entends sa respiration retenue, son petit cri d'effroi, le parquet grincer sous ses pieds qui chancellent. J'imagine ce qu'elle se dit, l'intruse : elle tient une piste pour retrouver sa maman, elle croit qu'il suffira de me prouver qu'elle est bien ma fille Nina, autrement dit elle-même. À huit ans, bien sûr, elle n'a pas d'arguments. Son seul chemin est celui des sentiments que je n'éprouve plus envers elle. Pour rester à mes côtés, elle est forcée d'accepter une vie d'orpheline injuste depuis que je l'ai mise en concurrence avec une fantôme. Elle a perdu sa place, un peu comme si je lui avais confisqué sa carte d'identité et qu'elle vivait chez nous sans passeport, avec la trouille d'être substituée ou jetée dehors. Au point qu'elle se demande si elle a encore le droit d'habiter avec nous. Elle seule sait à quoi ressemble l'enfant exacte que je cherche, dans le blanc de mon deuil et le dédale de mon cerveau lésé.

Tout cela, elle n'a sans doute personne à qui le confier. Je l'apprendrai plus tard, quand elle aura grandi et qu'elle n'aura plus peur de moi. Pour l'instant, cette gamine ne veut qu'une seule chose, c'est être encore ma fille et que je reste sa maman. Mais ce qui nous relie, ce n'est pas un manque d'amour, c'est un amour manqué. Il est comme ces lots qu'on croit pouvoir gagner aux fêtes foraines, sauf qu'il est tronqué d'avance car le cadeau qu'il promet n'est qu'un manque à gagner. Ce manque, je crois, est notre lot commun. Par sa faute, nous tentons en vain de rejoindre des images où nous ne sommes pas, vies sans accueil. Si bien que pour l'enfant à présent je ne suis plus seulement sa mère, je suis devenue l'aînée de ses soucis.

Voilà, c'est arrivé précipitamment et sans annonce. La vie a dépassé ma vie. Dans l'intimité feutrée de son cœur, un jour, ma fille a décidé de jouer le jeu de mon délire. Elle s'est donné la tâche impossible et cruelle de se ressembler comme deux gouttes d'eau, de me démontrer qu'elle est bien l'originale. Et c'est ainsi qu'elle va entrer dans ma maladie, la tête la première. Aveuglée par ma détresse, je ne vois pas tout ce qu'elle manigance pour me contraindre à rester sa mère. Un matin, je l'entends se réveiller trop tôt et marcher dans la maison. Elle trafique quelque chose... Je me lève, la suis dans le couloir qui rejoint le salon, et me voilà en chemise de nuit, planquée chez moi, à observer l'enfant fouiller dans mon sac à main. Elle vole mon téléphone portable et regarde mes photos ! Au camaïeu bleu de l'écran sur son visage, je devine sur quelle photographie elle s'attarde, c'est celle qui me sert de repère à moi aussi : Nina, le soir de son anniversaire, avant sa disparition. On dirait que l'enfant l'étudie en détail. Ses doigts zooment gros plan sur le passé tactile, je frissonne. Elle prend différentes attitudes, elle pose, on dirait qu'elle s'entraîne à imiter le sourire de ma fille sur la photo, *elle répète son rôle !! voilà comment elle fait pour la copier... Eurêka ! Prise en flagrant délit de faussaire !* Bien sûr, je me trompe. La gamine n'a jamais répété son rôle, vu qu'elle n'a jamais cessé d'être Nina. Ce matin de bascule, elle essaye simplement de ressembler à cette photo que j'aime tant. Elle a entrepris d'imiter une image pour correspondre à mon illusion, mais j'y lis tout à fait autre chose.

Elle rejoint la salle de bains, je me planque dans les toilettes in extremis. J'attends quelques secondes avant de retourner l'observer, c'est plus fort que moi, j'ai besoin de savoir ce qu'elle dissimule dans ses coulisses, de découvrir son secret de fabrication. L'enfant a posé le téléphone face à elle sur l'étagère des brosses à dents, contre le miroir. Elle compare son reflet et la photographie. L'épaisseur des mois qui la séparent de cette nuit se mesure à la longueur prise par ses cheveux défaits. Elle les replie pour les raccourcir, s'approchant ainsi du modèle photographique, je refrène un cri d'horreur : je viens de comprendre qu'elle va se déguiser en ma fille, la vraie ! Elle attrape des ciseaux, tresse maladroitement ses mèches, les attache avec des élastiques neufs dont elle arrache l'étiquette : elle les a probablement achetés pour crédibiliser son costume. *Mais avec quel argent ? A-t-elle un complice... Paul ?... Bon sang, pourquoi veut-elle à ce point devenir ma fille ?!!!* Elle s'agace parce qu'elle ne parvient pas à faire tenir les couettes et se retourne brusquement vers la porte entrebâillée, je crains qu'elle m'ait repérée, son sourire est menaçant, elle me nargue, je recule, souffle court, le parquet grince, je déguerpis tandis qu'elle rejoint sa chambre précipitamment. Elle fouille dans ses placards, *qu'est-ce qu'elle cherche ? Fuguer ?* Paul se retourne dans notre lit. Elle ressort avec des vêtements plein les bras, rejoint la salle de bains, je la suis, mon cœur chauffe, je suis saisie par un chagrin torrentiel, je me sens ridicule, planquée dans ce cagibi maintenant, à épier une enfant de huit ans pour tenter de démasquer un mensonge auquel je suis seule à croire… *Comment ai-je pu en arriver là ?*

Dans la salle de bains, elle continue de préparer tranquillement son spectacle, d'entrer dans son rôle en enfilant la parure de Nina, les vêtements qu'elle portait le soir de son anniversaire. La salopette et le pull sont un peu serrés, l'enfant a forci ces dernières semaines, elle compense mon manque d'affection par un excès de sucre. La voilà tout engoncée, comme si elle avait emprunté un déguisement qu'elle devra rendre avant minuit, sans quoi les carrosses qu'elle a créés pour emporter sa mère dans son beau rêve deviendront des citrouilles. Vie Halloween. Je crois qu'elle n'en peut plus, l'enfant, de la trouille que je lui cause, de la peine où je nous enferme toutes deux. Car ma maladie est une prison sans porte. Une oubliette.

Quand j'entre, je la surprends en train de colorier son genou gauche avec mes eye-liners bleus : elle essaye de reproduire un hématome. Elle se lève aussitôt et prend la pause pour moi, contreplaque sur sa bouche un sourire identique à celui de Nina sur la photo. Elle croit me faire plaisir, mais je pousse un cri d'horreur, c'est un trop grand choc ! Le seul mot qui me vient, c'est : *épouvantable*. Son visage s'affaisse de déception, je suis en colère, je me sens vandalisée, comme si elle venait de commettre un sacrilège : elle a pillé ma fille comme une tombe !

Ce qui se passe ensuite ? Je ne sais pas... Les mains de Paul m'agrippent, me retiennent, je m'entends hurler contre l'enfant terrorisée.

— Enlève ça, ces vêtements, ils sont pas à toi !

Je tente de lui arracher le jean de ma fille, elle se débat, je résiste.

— Pourquoi tu t'es déguisée ? Je t'ai vue ! J'ai tout vu ! Je sais tout !

— Je te déteste, t'es folle !

— Tu es une fausse ! C'est une fausse ! Fausse !

— T'es plus ma mère !

— Ça c'est sûr !

Elle attrape les ciseaux, les pointe vers moi.

— Approche pas !

Je recule, Paul tente de les lui arracher, elle lui mord le bras, saisit ses couettes, les tire vers l'arrière avec violence et les taillade en tous sens. Paul la supplie d'arrêter, rien à faire, l'enfant massacre sa chevelure, les deux couettes pendent maintenant dans ses mains tel un scalp, elle me regarde, gorge saillante, veines exorbitées, ses yeux sont rougis de découragement et d'impuissance.

— Voilà, t'es contente ?

Elle me balance les couettes inertes au visage, puis taillade encore sa chevelure épouvantail, s'enlaidit.

— Comme ça, tu vois, je suis plus un problème, je ne lui ressemblerai plus jamais, je la hais, toi aussi, je ne veux plus être Nina !!!

Elle me jette encore des mèches au visage, je les crache, tandis qu'elle coupe de plus en plus court, se rend de plus en plus méconnaissable. Pire : elle est invraisemblable.

— Elle est morte Nina ! Comme Hector ! Tu vois ? Regarde bien ! Elle existe plus ta fille, je l'ai tuée ! T'es contente ? Maintenant, je suis un garçon !

Les enfants sont des frontières, dit-on, ils nous apprennent où sont nos limites, ils sont nos ombres portées mais portent aussi nos ombres.

Nina est morte.

Le nuancier de ses sourires s'est figé, je n'entendrai plus jamais son rire. Le souvenir de l'enfant devenue un garçon sous mes yeux dévastés m'obsède. Pendant plusieurs jours, je suis aphone. J'abdique. Je ne sais plus à quel guichet d'asile me présenter pour retrouver mon identité, à quelle formule correspondre pour bien remplir le formulaire. Situation familiale : j'ai perdu mon enfant. Date : cet été. Autres remarques : j'erre dans les lésions irréversibles de ma réalité, comme sur d'anciennes marelles. J'ai atteint ma limite.

Limite. Ligne qui marque le début ou la fin d'une étendue ou d'un espace de temps. Point au-delà duquel ne peuvent s'étendre une action, une influence. Degré extrême de quelque chose, seuil de ce qui est acceptable.

Nous sommes convoqués à l'hôpital : Paul, moi, l'enfant aussi. On s'installe dans une salle jaunasse et décrépie, tout ce qu'il y a de plus inhospitalier. Le neurologue sourit d'abord à l'enfant, lui explique que c'est important qu'elle soit là pour entendre des choses qui la concernent. Et d'emblée il annonce que je suis porteuse d'une maladie rare appelée syndrome de Capgras. Nous le fixons avec nos yeux ronds.

— Il s'agit, madame, d'un trouble qui atteint votre perception visuelle et votre mémoire épisodique, qui est devenue dysfonctionnelle. Votre mémoire affective est écrasée, précise-t-il, puis il se tourne vers ma fille. Ça veut dire que dans le cerveau de ta maman, les souvenirs qui te concernent, les choses que vous avez vécues, les sentiments qu'elle a pour toi, l'amour, la tendresse, tout ça s'est effacé.

Paul lâche ma main, l'enfant baisse les yeux et entortille ses doigts. Le neurologue se racle la gorge, et poursuit.

— Les lésions qu'on a découvertes dans votre cerveau cassent les liens que vous pouvez faire entre vous et votre fille, et du même coup, vous perdez le sentiment d'une familiarité avec elle. Tous les patients qui sont atteints de ce syndrome n'ont plus accès aux émotions associées au proche concerné, ils en sont comme déconnectés. Alors ils développent une sorte de délire, qui pourtant est très logique car ils tentent de s'expliquer pourquoi leur enfant, comme c'est le cas pour vous madame, ne provoque chez eux aucune réaction. Tu t'appelles comment ? demande-t-il à l'enfant.

— Nina.

— À cause de cette maladie, ta maman croit que tu as disparu. Et que tu n'es pas Nina, mais une autre petite fille qui lui ressemble.

S'ensuit un long silence pendant lequel, c'est idiot, mais je remarque qu'il ne me regarde pas. En fait c'est la seule chose dont je me souviens, cet acte manquant et mes yeux immobiles. Puis il se tourne vers moi et prend un ton ferme.

— Votre cerveau n'est plus capable d'accéder à l'information affective associée au visage de votre fille. Comme l'information ne passe pas, quand vous la regardez, elle ressemble à quelqu'un que vous connaissez, mais vous ne la reconnaissez plus. Entre vous, le lien d'amour est absent. Est-ce que cela correspond à ce que vous vivez ?

Pas de réponse. Il avise Paul comme s'il expliquait au papa les symptômes de la varicelle. Je suis sidérée. Paul hoche la tête, l'enfant se ronge les ongles, j'encaisse mal la désinvolture avec laquelle le neurologue rassemble, dans un récit neutre, le drame de ma vie.

— Il s'agit d'un trouble de la perception visuelle, plus connu sous le nom d'« illusion des sosies ». Parce que les patients croient que leur proche a été remplacé par son double, un faux, venu les persécuter.

L'enfant redresse la tête. Je me sens accusée comme une criminelle décidée à ne rien avouer et qui ne parlera qu'en présence de son avocat. Paul est abasourdi. Le neurologue enfonce le clou.

— Si vous voulez, c'est comme un tour de passe-passe de vos neurones, madame. Évidemment que l'amour, les sentiments, les souvenirs sont toujours là, mais ce sont des informations devenues inaccessibles.

— J'ai bien compris, dis-je, agacée.

— Par contre, cela n'affecte pas l'aire auditive. Si vous entendez la voix de votre fille, sans la voir, vous reconnectez. Le reste du temps…

— C'est un deuil blanc, dis-je.

Il acquiesce, puis sourit à l'enfant.

— Je sais que c'est dur, très dur à vivre pour toi. Et difficile à comprendre à ton âge : ta maman est accrochée dans son cœur à une autre enfant, qui est quand même toi, mais qui n'est pas toi en vrai.

— Ça vient d'où ? demande Paul.

— On ne sait pas vraiment. Parfois, ce syndrome est révélateur d'un épisode irrésolu du passé du patient. Un trauma. Mais quelle que soit la forme qu'il prend, il rend la victime obsessionnelle, agressive. Ce n'est pas votre faute, madame, ajoute-t-il, magnanime.

Je ne réponds pas.

— Ça se soigne ? demande sèchement Paul.

— Hélas, non. Ce type de lésions n'est pas réparable. Je sais que c'est une grande souffrance, surtout pour une maman, mais il va falloir apprendre à vivre avec.

Je n'ose pas regarder l'enfant, Paul veut comprendre, il demande à nouveau, incapable d'absorber l'information :

— Donc, ça ne se soigne pas ?

— Non.

— Je ne veux pas d'antidépresseurs, je ne suis pas folle, dis-je.

— Regardez votre fille s'il vous plaît. Allez-y madame. Regardez-la dans les yeux. Je vous garantis que vous n'êtes pas folle, mais vous devez comprendre une chose : c'est votre cerveau qui a fait disparaître vos émotions, mais Nina, elle, est là, devant vous. C'est pour ça que je lui ai demandé de venir, pour que vous puissiez être ensemble, toute votre belle petite famille, parce que c'est ensemble que vous pourrez surmonter ce qui va se passer. Il vous faudra du soutien, un lieu pour parler. Nous avons mis en place un protocole adapté, en hôpital de jour, associé à une thérapie familiale.

L'enfant tressaille tandis que je suis contrainte de la fixer. Le neurologue sourit.

— Vous voyez madame, elle n'a pas disparu. Et elle a besoin de sa mère.

Je suis soudain assaillie par un bourdonnement sourd et inconfortable : comment ce médecin peut-il me dire avec un tel sang-froid que je ne retrouverai jamais ma fille et que je vais tranquillement devoir vivre avec ça ?!!! Je ne suis pas une mauvaise mère. D'ailleurs, je pense qu'il se trompe de patiente : je ne suis pas celle qu'il décrit, pas du tout.

— C'est ridicule ! Vous ne savez pas ce que j'ai, alors vous me faites entrer de force dans une de vos catégories à la con.

J'enfile mon manteau pour partir, Paul me soutient pour la première fois.

— Oui, j'ai du mal à comprendre. On dirait surtout une mauvaise blague. Personnellement je ne crois pas aux sosies et je pense que ma femme non plus, hein chérie ?

— Bien sûr que non, je ne suis pas une idiote. Et puis c'est quoi cette manière de parler des gens ? Je vous confie que je ressens quelques vertiges et… vous me sortez ces conneries-là, c'est n'importe quoi, pardon mais c'est pas moi dont vous parlez, c'est vous qui délirez.

J'éclate de rire comme une bécasse, nerveuse.

— Vous pensez sérieusement qu'une femme comme moi, éduquée, cultivée, qui réfléchit, peut tranquillement se balader en disant : bonjour, je vous présente le sosie de ma fille, enchantée enchantée ! Et alors ma fille, qui est assise à côté de moi et en face de vous je vous le rappelle, ce serait qui ? Elle est déguisée, c'est ça, elle enfile une perruque le matin, abracadabra ? Et moi, en gentille maman, j'accepte de l'élever à la maison ?!!

Le neurologue ne cille pas, je poursuis d'un ton plus calme :

— Vous avez découvert des lésions qui affectent ma mémoire, d'accord, j'ai compris, et après ? Vous me dites que c'est un trouble, sauf que moi, je vis le contraire : tout ce qui touche à ma fille est totalement clair dans mon esprit, mes souvenirs sont précis. La nuit où elle a disparu, oui c'est vrai, j'ai eu la peur de ma vie. Et c'est normal. Et je reste encore un peu angoissée. D'accord. Mais je vais bien, et ça ne fait pas de moi une irresponsable. Et ma fille va bien, ne semez pas la zizanie dans sa tête.

— Votre fille doit parler avec un psychologue, on va l'aider. On doit s'assurer que vous preniez pleinement conscience de la situation, il faut la protéger. Vous aussi madame.

— Je n'ai pas besoin d'aide.

— C'est la loi.

— La loi !?? Mais qu'est-ce que j'ai fait de mal ?

Paul me fait comprendre qu'il va parler au docteur seul à seul. Soudain, je remarque les larmes de l'enfant.

Elle n'a rien dit, pas bougé, je l'avais presque oubliée, assise à côté de son père, masquée par son aile protectrice, pourtant elle est là, réelle, vivante, et elle essuie ses larmes avec la manche de son pull.

Cela doit faire longtemps qu'elle pleure parce que ses yeux sont rouges, son visage ahuri est rouge, elle ne peut plus s'arrêter de sangloter.

Elle pleure ainsi, trois jours durant.

Sans s'arrêter.

Trois jours durant sans s'arrêter.

J'ai décidé de reprendre le contrôle de mon existence et de démontrer à ce neurologue qu'il affabule : Nina est Nina, l'enfant qui vit chez moi fait très bien l'affaire. Je commence donc par rattraper les cours de peinture que j'avais annulés aux Beaux-Arts. Grâce à l'intervention de Clothilde – qui m'avouera plus tard qu'elle assistait à mes cours en secret depuis deux ans et ne voulait pas que je sois renvoyée – le directeur ne me tient pas rigueur de mes dernières absences. Le jour de mon retour, mes étudiants ont l'air contents, ils m'écoutent religieusement sans que j'aie à me justifier. Quant à mes collègues, je me contente de leur livrer les excuses d'usage : « J'étais malade, rien de grave. »

En vérité, l'hypothèse que mon cerveau me berne m'a fait l'effet d'un électrochoc. Pour ne pas le laisser m'abuser, la seule solution serait de l'utiliser le moins possible. Service minimum, danger minimum, devenir un être mécanique. Je me concentre alors sur l'effort exclusif de mener mes jours de manière strictement répétitive : je vais chercher ma fille à l'école, nous rentrons à la maison, je soutiens mon mari qui commence à enregistrer son disque, nous sommes fières de lui. Je passe beaucoup de temps avec l'enfant ; nous décorons différemment sa chambre, nous changeons les meubles de place, nous en décapons certains, ou bien nous dérobons les encombrants posés sur le trottoir pour leur donner une seconde chance, une existence rénovée comme la nôtre. Tout va bien. Elle et moi, nous achetons même de nouveaux vêtements, nous commandons des chocolats chauds dans des bistrots, nous errons dans les librairies, nous partageons toutes ces choses banales entre une mère et sa fille. Oui, tout va bien. Si ce n'est que je pense souvent à ma sœur.

Le neurologue me convoque à nouveau. Je ne vais pas au rendez-vous. Ce petit jeu dure plusieurs semaines, je reçois ensuite le message d'une dame des services sociaux, auquel je ne réponds pas non plus : je ne me sens pas concernée par leur diagnostic.

Mais un après-midi, la dame s'impose chez moi en l'absence de Paul, me sachant seule avec l'enfant. Elle débarque, à l'affût de je ne sais quoi, avec un air malhonnête, elle dit qu'elle rend service, « je suis là pour vous aider madame », mais en vérité elle prend des notes. Elle nous questionne à propos du retour à la vie normale depuis l'annonce de ma maladie. Elle veut savoir comment j'ai pris les choses, comment va Nina, voudrait lui parler seule mais l'enfant refuse. Je l'en remercie d'un regard, je sais qu'il n'est jamais bon d'enclencher la machine administrative ; ses rouages n'ont pas de nuances, elle broie, elle veut sauver les gens mais il lui faut des coupables et je suis toute désignée, j'ai décroché le rôle-titre cette fois ! La dame insiste, l'enfant file dans sa chambre, je reste seule avec cette petite bonne femme, son petit stylo et son écriture en pattes de mouche, comme elle s'applique à tout inscrire proprement, puis elle me fixe sans rigueur et avale bruyamment une gorgée d'Earl Grey.

— Je suis là parce que les pédopsychiatres qui la suivent au centre m'ont alertée sur des signes probables de maltraitance.

— Je ne comprends pas ce que vous dites.

— Nina dit qu'elle a peur de rester seule avec vous parce que vous la menacez, vous l'agressez verbalement, vous lui faites des demandes extravagantes, vous êtes persuadée qu'elle cache quelque chose, qu'elle doit vous rendre votre fille…

— Ça, c'était avant. J'ai changé.

— Ce sont les signes de votre maladie que je viens de vous décrire.

— Il n'y a pas de maladie, j'ai simplement eu un passage à vide.

— Je vais vous dire les choses telles qu'elles sont, madame : si vous persistez à nier ce qui se passe, vous risquez de perdre vos droits parentaux.

— Pardon ?

— Vous devez être suivie par un psychiatre vous aussi, et dès que vous sentez un mouvement agressif envers votre fille, que vous ne la reconnaissez plus, vous devez faire en sorte de ne pas rester seule avec elle, et de vous isoler.

— Écoutez, je vous remercie de vos conseils, je vais bien entendu les prendre en compte.

— Vous ne retrouverez jamais votre fille, vous comprenez ?

— Je vous prie de sortir de chez moi.

— La petite fille qui vit avec vous, Nina, elle n'y est pour rien. Je vois bien, aux efforts que vous avez faits pour retrouver l'autre, combien vous l'aimez votre gosse. C'est pas en doute : vous êtes une mère aimante, et aimée aussi, ne l'oubliez pas. Votre enfant est comme vous : elle aussi, elle a perdu sa maman. Tout ce qu'elle fait pour vous convaincre qu'elle est votre fille, c'est de l'amour.

— …

— Vous entendez ce que je vous dis ? S'il vous plaît, prenez le temps d'envisager que c'est votre cerveau le menteur, mais que votre enfant est réelle, elle a besoin de vous. À son âge, on devrait avoir autre chose à faire que de prouver à sa mère qu'on est vivante, non ? Ce temps perdu, faites attention, quand elle aura grandi, vous ne le rattraperez jamais.

Touchée coulée.

Paul et moi décidons de revisiter nos albums photos pour rétablir une sorte de continuité visuelle, restaurer notre famille en passant par des liens chronologiques. C'est douloureux de retrouver en images ces instants de vie dépassés. Je n'éprouve aucune joie, aucun plaisir, ce sont encore des retrouvailles désaffectées. Mais au détour d'une page, je découvre une toute petite photo de ma sœur. Ce qui m'arrête, ce n'est pas l'émotion de la revoir, c'est la surprise : elle ressemble à ma fille ! On dirait que mon cerveau me parle, qu'il me met sur la voie. Sans que je ne le contrôle, mon esprit superpose soudain deux trous de mémoire : l'absence de Nina la nuit où elle a disparu et l'absence de ma mère pendant les six mois qui ont suivi la mort de ma sœur. Au carrefour de ces deux béances : la même photo. Ce mouvement dure une fraction de seconde. Je pâlis, Paul le remarque, m'embrasse le front, sourit : il est heureux, lui, de raccorder au passé. Je lui rends gravement son sourire et j'annonce que je suis prête, je crois, à affronter une fois pour toutes les fantômes que nous avons en commun, avec ma mère.

Je demande à Paul de m'accompagner car j'ai besoin d'un témoin pour ne pas douter ensuite. J'attends sûrement trop de cette confrontation avec maman, il n'y a que dans les livres que la parole délivre. Mais j'y crois quand même et j'annonce clairement la couleur.

— Je suis malade. Je suis victime d'une illusion depuis le retour de Nina. Je n'ai pas de solution parce que ça ne se guérit pas, et ça ne s'arrêtera pas non plus. La seule chose que je peux faire, c'est me soulager du poids, résoudre ce qui s'est passé après la mort de Rosalie, parce que ça résonne avec ma maladie, ça l'amplifie.

Ma mère ne dit pas un mot. Dans sa gravité, je lis l'appréhension.

— Je suis fatiguée maman. Fatiguée de me battre contre toi. J'ai besoin de savoir la vérité, je sais combien de jours je t'ai attendue devant ce putain de portail, d'ailleurs viens, viens voir, là, ces petits traits, t'avais jamais remarqué ? C'est moi qui les ai faits, chaque jour, avec le couteau de papa, j'ai marqué une entaille, tu peux compter, il y a autant de traits que de matins sans toi. Compte… vas-y. Et ose me dire que tu n'es pas partie.

Maman se met à pleurer. Moi aussi. Elle me regarde sans douceur.

— Quand ta sœur est décédée, ce n'était pas supportable. Tu avais quatre ans, tu demandais beaucoup d'attention, c'est normal, à ton âge, mais je n'étais plus capable d'élever une enfant. Une autre enfant que ma Rosalie, vous comprenez ? précise-t-elle à Paul qui, pris de court, acquiesce, puis se reprend.

— Pas vraiment non.

Maman grimace, sa bouche s'assèche, elle me prend la main, stagne un moment dans son silence, puis dévale la vérité d'une traite.

— Je vais te dire où j'étais. J'ai été internée dans un hôpital psychiatrique pendant un an et demi. J'étais devenue folle parce que… ma… parce que ma petite fille… ma toute petite fille s'était noyée dans la rivière au fond de *mon* jardin.

Elle se tourne encore vers Paul, pour se justifier.

— J'étais dans la cuisine, je n'ai pas entendu quand Rosalie m'appelait, enfin, si, c'est pas vrai, j'ai entendu mais je n'ai pas compris ce qui se passait… et quand j'ai compris, je suis sortie tout de suite, oui, tout de suite…

J'entends soudain la voix familière de ma sœur appeler avec force.

— Maman ! Aide-moi ! Maman !…

C'est la voix de la petite fille qui m'a réveillée tant de nuits, celle que je prenais pour Nina… Maman est à bout de souffle.

— Je suis sortie tout de suite, oui, tout de suite… mais… je n'ai rien fait. Je n'ai pas pu y aller. Je n'arrivais pas à bouger… je… je suis restée empêchée. Je l'entendais crier, je voulais la rejoindre, mon cœur en mourait mais mon corps me retenait, il me retenait, j'avais une main sur la poitrine, une main de bronze et de cendres impossible à repousser et… Ma petite Rosalie est morte noyée dans mon jardin, dans ma maison, devant mes yeux, sans que j'essaye de la sauver. Chaque matin, j'ouvre les volets de ma chambre, j'ai vue sur la rivière, et j'ai envie de me jeter par la fenêtre.

C'est terrible, je n'arrive pas à résister, ça recommence, un courant trop fort m'emporte et m'engloutit. Par la force des choses, en présence de ma fille, le malaise revient. Il n'y a que l'enfant qui s'en rend compte, à cause d'un petit détail invisible à l'oreille : je cesse de l'appeler par son prénom. Je le contourne, contorsionne mes phrases pour éviter de le prononcer. Mais plus je crée de ronds-points sans sujet, plus ma vie tourne court, comme un verrou. Rétrospectivement, je donnerais tout pour ne jamais avoir vécu les semaines qui vont suivre. Ma mémoire rechigne d'ailleurs à reconstituer les étapes qui ont mené au désastre.

Ça a commencé à cause de l'enfant, ou plutôt, parce qu'elle a essayé de m'aider. Depuis plusieurs jours, je ne supporte plus de la voir se promener en garçon chez moi. Paul est parti une semaine en tournée, nous voilà seules, sans digue. Un soir, au moment de se coucher, elle me demande pardon.

— Je m'excuse d'avoir parlé aux psychologues, je ne voulais pas que tu aies des ennuis à cause de moi, je voulais trouver une solution. Je te jure que j'ai pas tout dit.

— Tu as le droit de dire ce que tu veux à qui tu veux, si ça te fait du bien, tant mieux. C'est ton affaire, pas la mienne.

Je dis ça un peu brutalement, c'est plus fort que moi, j'essaye d'atténuer mon propos.

— Je ne te veux aucun mal, d'accord ? Au contraire. Tu peux avoir tes secrets, et appeler quelqu'un d'autre que moi si ça ne va pas. C'est important que tu le saches : je ne serai pas toujours là pour te protéger. Et sans doute, tu vas avoir besoin de te protéger de moi, de temps en temps. Il faut que tu aies des sorties de secours, je veux que tu grandisses en sécurité. Tu sais, ne t'en fais pas, pour moi, tu n'es pas un problème.

Les yeux de l'enfant s'affaissent… Malgré le soin que j'ai pris à lui parler « comme à Nina », elle a décelé mon imposture, bien sûr, elle a entendu le vrai dans le pli contraire des mots. Parfois, je me demande si l'amour peut vraiment être une matière à contrefaçon. Pour cette enfant, la réponse est non : mon manque d'amour à son égard est flagrant, quelles que soient mes déclarations. Mes sentiments démentent mes intentions, comme un vêtement trop large calfeutre mal un corps chétif. J'ai beau éteindre la lumière et faire le rituel normal du *bisou-bonne nuit*, ce soir, la petite fille ne s'endort pas.

Elle me rejoint plus tard dans le salon, bien après minuit, s'assied à côté de moi, perturbée, entortille ses doigts puis pose un pied sur l'autre, à la manière de Nina.

— Je t'ai entendue parler avec papa. Pourquoi tu as dit que c'est pas toi la folle ?

— Ce sont des histoires de grandes personnes. Ça ne te concerne pas.

— Moi je te crois.

— …

— Alors c'est qui, la folle, si c'est pas toi ?

— Qu'est-ce que tu veux savoir ?

— Je veux t'aider. Ça me fait de la peine ton chagrin. Tu sais pourquoi je te crois, moi ?

— Non.

— Parce que des fois, moi aussi, je ne me souviens plus de moi.

Elle me sourit, elle sait qu'elle vient d'appeler la vibration du souvenir pour que je reprenne des couleurs. Je m'effondre en larmes. Elle saisit ma main, la pose sur sa joue, s'y attendrit en douceur, dans ma main oreiller je soutiens dans l'air sa tête montgolfière.

— Tu veux vraiment m'aider ? dis-je.

Elle acquiesce. Ses larmes chaudes coulent en rigoles le long de mon bras.

— Alors dis-moi la vérité : est-ce que c'est toi, ma petite fille ?

— Je ne sais pas. Mais je veux bien t'aider à la retrouver.

— M'aider, comment ?

— Seulement si on le dit pas à papa.

J'accepte le marché. Nous passons ce pacte fou. L'enfant et moi venons de nous donner la main pour sauter à pieds joints sans bouée dans la maladie.

Quand Paul revient de voyage, il est persuadé d'avoir touché la grâce de Schubert, mais il découvre une autre grâce, celle de notre complicité retrouvée avec Nina. Nous avons repris nos rires du matin et nos histoires du soir, je suis redevenue celle que je suis, la maman qui transforme les épluchures de patate en écumes de vague et qui imagine que les pancakes sont des îles au trésor. Le trouble de Paul est abyssal, mais ses mots trahissent qu'il y croit un peu, à ce nouveau réel : il nous appelle « les filles ». Ça lui échappe, comme avant, non sans une pointe de jalousie d'ailleurs : il se sent exclu de nos conversations et de nos secrets échangés à l'oreille, nos gloussements, nos mystères. En aparté, méfiant, il me demande des comptes.

— Qu'est-ce qui se passe, j'ai raté un épisode ?

— Ça ne te fait pas plaisir ?

— Si, mais elle a une raison cette bonne humeur ?

— Les choses ont repris leur place dans ma tête.

— Comme ça… magique ?

— Comme ça… magique !

Plus les semaines passent, plus les cheveux de la petite fille repoussent. Elle quitte ses allures de garçon et commence à ressembler à Nina, si elle avait grandi avec nous. La voir me fait du bien, même si je suis embarrassée par l'attitude de Paul : il nous observe souvent à distance avec un air fâché. On dirait qu'il ne croit pas au spectacle. Il est persuadé qu'il s'est passé quelque chose en son absence. Nos chuchotements achèvent de le convaincre. Cette fois, c'est lui qui ne croit pas aux retrouvailles.

À vrai dire je m'en fiche : la perspective de revoir Nina m'a tourné la tête. Et puis à force de jouer faussement à être la mère de cette petite fille, j'admets que je me suis attachée. Depuis notre pacte, je ne me pose plus de questions, je recherche la gaieté à tout prix. Si Paul devient trop curieux, j'esquive en l'envoyant faire une petite course pour Noël. Car ce que nous vivons l'enfant et moi est trop intense, trop important : c'est l'insolite, l'aventure, la quête !

Elle m'a aidée à fabriquer une affiche pour signaler la disparition de ma fille. Nous l'avons placardée un peu partout aux alentours de l'ancienne fête foraine, sans rien dire à personne. Ce nouvel élan est un tel espoir que j'en oublie tout : je ne pense même pas à prévenir de mes propres absences aux Beaux-Arts ou à me faire remplacer. Je disparais des radars, point barre. J'efface sans les écouter les messages des collègues et les menaces du directeur, j'efface toutes les voix en colère contre moi. Je veux être libre, je veux retrouver ma fille et j'ai désormais une alliée !

Chaque après-midi, elle et moi faisons l'école buissonnière : je sèche mes cours de professeure, elle sèche ses cours d'élève, je la dérobe en douce après le déjeuner. Nous avons un protocole : elle passe par les caves du bâtiment de l'école et rejoint la porte arrière des poubelles, toujours ouverte. Je l'attends devant, moteur allumé, elle grimpe dans la voiture et nous filons en direction du parking de l'hypermarché. Notre mission : attendre Nina. Pour passer le temps, on écoute de la musique : je lui fais découvrir mes tubes, on danse fenêtres fermées comme deux petites folles que rien n'inhibe, nul regard, nul jugement. Parfois je lui lis des livres entiers qui ne sont pas de son âge, je lui fais découvrir la grande littérature, ou bien nous picorons, honteuses, les derniers potins des magazines people en nous rêvant princesses, actrices ou icônes. On s'invente des coiffures, on se crée des maquillages épatants, des avatars. De temps à autre, pour nous dégourdir l'imagination, nous allons au cinéma. Je l'emmène voir ce vieux film, *Thelma et Louise*, parce que c'est un peu nous, je trouve, et elle aussi ! On s'amuse bien. On s'amuse trop.

Quand arrive l'heure de pointe, nous discutons avec les gens. On leur explique la situation : nous cherchons une petite fille qui a disparu le neuf novembre, le soir de la fête foraine, et je leur montre une photo de Nina, je la décris.

— La dernière fois qu'on l'a vue elle portait un jean, des couettes, un petit blouson et un sac à dos vert. Si vous la voyez, appelez-nous, c'est vraiment très important.

Certains passants nous croient, nous aident. D'autres le

font un peu forcés, comme s'il s'agissait d'un jeu qu'on leur demanderait de jouer. D'autres pensent que c'est un canular, et se mettent en colère contre nous.

— C'est toi sur la photo ! C'est toi avec les cheveux plus longs, vous vous foutez de moi !

Devant nos mines graves, la plupart des gens comprennent que nous sommes très sérieuses. Les autres, scandalisés, se tournent vers moi, l'adulte, et m'insultent.

— Pourquoi vous faites ça madame, et avec votre fille en plus ? C'est quoi l'intérêt ? À quoi vous jouez ? Elle devrait pas être à l'école à cette heure-là ? Vous êtes complètement tarée !

La gamine enrage à ma place et me défend sans faille, parfois c'est si intense qu'elle va trop loin.

— C'est vrai ce qu'on vous dit, elle a disparu Nina et si on la retrouve pas on se suicidera maman et moi, comme dans le film.

Je la prends dans mes bras, je lui enlève ses idées noires, je lui promets que je ne me ferai jamais mourir, que je serai toujours plus forte que le chagrin, elle me promet qu'elle aussi. Je la calme, elle me console, je me décourage, elle me redonne espoir.

— On va la retrouver ta fille, maman. T'en fais pas.

C'est ainsi que chacune, à l'envers et de biais, trouve dangereusement sa place… Et ma foi, nous sommes heureuses ainsi.

À force d'obstination, nos recherches portent leurs fruits. Je reçois de plus en plus d'appels de témoins qui ont vu

Nina et nous indiquent où la chercher. Avec la petite fille, on s'y rend, on parle aux passants, on attend, on vérifie les témoignages, on tente de reconstituer la chronologie de ses déplacements. Mais nous avançons dans l'ombre de nos déceptions, et je dois admettre que l'enfant est plus solide que moi. Plus elle persévère, plus je doute. Je pense aujourd'hui que c'était sa manière d'être avec moi sans se sentir en danger, et moi, c'était ma seule manière de l'aimer : complices dans la recherche d'une autre. Elle aurait tout fait pour ne pas me perdre et c'est comme ça qu'elle me retrouvait. Sa détermination me bouleverse, je suis impressionnée, fière. Des fois, je regretterais presque de ne pas être sa mère. J'aurais bien aimé avoir une fille comme elle.

Sûr qu'à côté de toutes ces émotions, mes cours, ça passe après. Mais l'école de Nina justement commence à réagir et à demander des comptes au sujet de ses absences. Au début, je trouve quoi répondre. J'épuise toutes les excuses et les faux certificats que je peux imaginer. Bientôt, ça ne tient plus et puis je crains qu'ils n'alertent Paul. Ça ne loupe pas d'ailleurs… Notre secret se complique le jour où il apprend par la directrice que sa petite fille chérie aurait subi successivement une fracture de la cheville, une gastro, un très gros problème de RER voire une grippe aviaire à durée indéterminée… Lorsqu'il l'interroge, elle se retient de rire, elle prend sur elle, fait croire à son père qu'elle a séché pour zoner avec des amis. Il la punit en s'assurant lui-même qu'elle va bien en classe désormais et qu'elle y reste : les enseignants sont chargés de le prévenir à la moindre fugue… Je joue le jeu, j'entre avec lui dans des débats sans fin, ceux qu'ont les parents quand ils s'inquiètent pour l'avenir de leur enfant. Je le persuade qu'il s'agit des premiers signes d'une crise d'adolescence. Mais je ne lui dis rien de ma crise intime, de ma dégradation.

Il s'en doute pourtant, parce que mes anciens collègues l'appellent pour prendre de mes nouvelles. Paul découvre ainsi que j'ai cessé de travailler depuis plusieurs semaines, et que je ne réponds à personne. Il ne m'en dit rien. Au lieu de cela, il m'interroge sur mes journées, et je lui parle des cours que j'invente, des bulletins imaginaires que je dois rendre avant Noël, des petits tracas qui font partie de la routine des relations professionnelles. Le jour où je reçois une lettre recommandée du DRH m'annonçant mon licenciement, je ne dis rien non plus, je râle en exagérant sur les délais d'attente insensés pour obtenir le matériel de peinture du prochain semestre, et sur la radinerie du directeur qui ne veut pas réparer le chauffage dans ma salle. Paul ne me contredit pas. Mais il ne m'avertit pas non plus des discussions alarmantes qu'il a avec mes collègues qui se demandent ce qui m'arrive et ce que je vais devenir. Pour autant, je me sens fautive sur tous les fronts. Et en premier lieu, d'avoir abandonné la petite fille en la laissant se faire gronder par ma faute. Elle est si triste d'avoir perdu nos après-midi magiques… et moi aussi. Alors, pour compenser, j'insiste pour aller la chercher à l'école et je passe le plus de temps possible avec elle. Sans qu'on s'en soit rendu compte, elle est devenue mon phare, mon soutien. D'une certaine manière, elle est ma meilleure amie.

Puis tout ce bonheur s'écroule. Paul part acheter notre sapin pour Noël, je ne sais pas ce qui lui prend – l'instinct peut-être ? –, il retourne à l'hypermarché où nous avons perdu Nina. Je pense qu'au fond de lui, il a deviné. Pas tout, bien sûr, mais suffisamment pour percevoir qu'il doit retourner là où j'ai tant zoné. Il se gare probablement sur le parking, comme le soir de la fête foraine ; depuis plusieurs semaines un marché provisoire s'est installé côté terrain vague, ils vendent de beaux sapins. Je me demande même si ce n'est pas moi qui lui en ai parlé, sans méfiance, parce qu'il y avait plusieurs tailles et qu'on n'arrivait pas à choisir : trop grand ou trop petit, avec ou sans étoile perchée, simplement lumineuses ou clignotantes, les guirlandes ? J'imagine qu'il a jeté un coup d'œil au chantier, comme moi la première fois que je suis revenue. A-t-il remarqué que tous les arbres de la forêt sont maintenant décharnés ? Sûr qu'il a comparé longtemps les différents sapins : qu'il s'agisse de gens, de meubles ou de plantes, Paul n'invite pas n'importe qui chez lui. Chez nous, c'est ainsi, on n'entre pas à la légère. Je ne sais pas s'il a pris le plus joli, en tout cas il en a pris un de la taille exacte de Nina et a demandé qu'on le lui emballe dans un filet. Impatient comme il est, il a dû aller se chercher un café machine le temps que le sapin soit prêt. Or les machines se trouvent près du mur des petites annonces, là où j'ai agrafé l'affiche. Forcément, il a été attiré par la photo, il a découvert le texte : Urgent Disparition Enfant, quelques mots de description sous le portrait de Nina, mon numéro de téléphone sur des bandelettes écrit par notre fille, complice. Paul a porté la main à son cœur qui s'est déchiré sûrement, déflagration, et puis il a arraché l'affiche avec ses ongles, parce qu'il a atteint sa limite, et il ne me le pardonnera jamais.

Limite : ligne qui marque le début ou la fin d'une étendue ou d'un espace de temps – point au-delà duquel ne peuvent s'étendre une action, une influence –, degré extrême de quelque chose, seuil de ce qui est acceptable.

Il conduit dans un état second, puis déboule à la maison et me colle l'affiche sur la gueule.

— C'est ça que vous faites dans mon dos toutes les deux, hein, c'est pour ça que Nina sèche l'école ?

L'enfant se rue sur son père, tente de le détacher de moi.

— Ce n'est pas sa faute, c'est moi !

Paul m'agrippe le bras avec violence, l'enfant le mord, il me lâche par réflexe et d'un geste de tourniquet la fait valser à terre, je me précipite.

— Nina !

Il m'arrête et me balance vers la porte.

— Dégage.

Je regarde l'enfant et ses yeux angoissés face à la fureur de son père. Je dis à Paul :

— Ne sois pas méchant avec elle.

— Maman n'a rien fait, je te jure papa, c'est moi qui lui ai proposé.

Il la saisit par les épaules.

— Tu n'es pas responsable du délire de ta mère. Tu es Nina, c'est toi Nina.

— Oui papa ! fait-elle d'un ton faux tout en me regardant, complice.

Paul voit tout, il perd la tête, serre l'enfant dans ses bras trop fort, il l'étouffe presque.

— Il n'y a pas d'autre petite fille, tu n'as pas disparu ! Tu ne vois pas que c'est malsain ? T'es assez grande pour le voir, non, qu'elle est malade ta mère, je te l'ai dit, non, le docteur aussi, non ? Et tu continues de la croire ? Hein ? Tu la crois encore ?

D'un regard, l'enfant demande mon approbation, ne sachant qui trahir. Elle acquiesce, elle me choisit, son père s'effondre.

— Si t'es pas ma fille, t'es qui ? Hein ? Dis-moi ! Pourquoi tu lui ressembles ? Explique-moi. Expliquez-moi toutes les deux. Tu ne vois pas que t'es ma fille ? Tu es ma petite fille. Tu es ma petite fille chérie.

Il éclate en sanglots et me met dehors.

— Je ne veux plus te voir, et je ne veux plus jamais que tu t'approches de nous !

Je passe le premier soir de notre séparation seule dans un motel miteux qui me convient parfaitement. Ça me fait du bien d'être ailleurs, tranquille, loin de ma zone de danger. Je zappe en regardant la télévision, je prends un bain, je commande un burger, je m'imagine en vacances dans un pays étranger, bref, je me fous la paix. Soudain, la sonnerie du téléphone, voilà qu'elle retentit. Aiguë, acide, brutale, la sonnerie du téléphone, numéro inconnu, j'hésite, je ne veux pas de complications, la sonnerie s'arrête… pas de message… Puis l'inconnu rappelle, insiste, je décroche sans parler, j'attends d'abord de savoir qui est là.

— C'est moi maman, dit la voix, c'est moi, ta fille.

Il ne me faut pas plus d'une microseconde pour que toutes mes cellules de mère réagissent, sans forcer, parce qu'elles savent, elles l'ont reconnue, elles l'ont mise au monde, elles l'ont aimée jusqu'au bout, sans perdre espoir, même dans la mort, elles savaient mes cellules de mère, et il savait mon cœur, que je retrouverais ma fille. Un jour. Je la retrouverais là où elle s'était perdue… la retrouver, la retrouver, mon cœur se relève, je ne peux rien prononcer tant l'émotion fait vibrer ma peau, des kilos de larmes, nous restons ainsi de longues minutes à pleurer, chacune de son côté, au bout du fil.

— Maman ?… Tu m'entends, maman, tu es là ?…
— Ma fille…
— Tu me reconnais ?
— Oui.
— Je veux rester avec toi, je veux toujours rester avec toi.
— Moi aussi.
— …
— Où es-tu ?
— À la maison, chez papa.
— Pendant que tu n'étais pas là, il y a une autre petite fille qui a pris ta place. Est-ce que tu l'as vue ?

Nina ne me répond pas, un blanc nous relie, effrayant, j'ai peur que la communication coupe, je m'affole.
— Allô ? Allô ? Tu es là ? Tu m'entends ?
— Oui.
— …

Nous nous taisons de nouveau ensemble. Je n'entends pas son silence déçu. Elle n'entend pas mon sourire ému. C'est si bon de l'écouter respirer, *elle est vivante, elle est vivante !*
— Tu m'as tellement manqué ma chérie… Je veux tout savoir.

— Plus tard, pas maintenant s'il te plaît.
— D'accord, plus tard…
— L'autre fille, tu sais, elle est partie, c'est fini.
Je perçois qu'elle renifle bizarrement.
— Papa sait que tu es rentrée ?
— Non.
— Tu pleures ? On va se retrouver, je te jure, je viens te chercher ! Et on ne sera plus jamais séparées, je te le promets.
Elle ne dit rien, puis chuchote :
— J'ai peur toute seule.
— Je ne laisserai jamais faire ça. J'arrive, je suis là dans dix minutes, on se retrouve à l'angle, derrière l'église !

Je fonce sans réfléchir jusqu'au point de rendez-vous où une petite silhouette m'attend et me fait signe : ce n'est pas Nina, c'est l'autre. Je suis à cran.
— Qu'est-ce que tu fais là, toi, elle est où ?
— Je ne sais pas, elle m'a demandé de t'attendre ici, répond l'enfant.
— Tu l'as croisée chez papa ? Comment elle va, elle va bien ?
— Non, je ne l'ai pas vue.
Elle me fixe, je la dévisage.
— Menteuse ! Je viens de lui parler au téléphone, je sais très bien qu'elle t'a demandé de partir. Rentre chez toi si tu ne peux pas m'aider ! J'attends ma fille.
Il gèle. Elle stagne, s'en va, puis revient, et reste devant la voiture, à côté de moi, avec son petit blouson, sans écharpe.

— Je peux l'attendre avec toi ?

— Non.

— …

— Tu sais, quand elle va arriver, ce sera un moment entre elle et moi, tu comprends ? On sera en famille.

Elle est prise d'un chagrin violent.

— Allez, monte !

Assise à côté de moi, elle se calme, pose un pied sur l'autre, entortille ses mains rougies. Je scrute les horizons, l'enfant me scrute, puis éternue. Je monte le chauffage. Nous restons ainsi une bonne demi-heure silencieuse. La buée de nos haleines forme des petites bulles de BD sans paroles devant notre bouche. Elle fouille dans ses poches et me tend une photo. Au verso est inscrit au crayon : « *1983. Emma et Rosalie* », au recto on s'y tient par la main près des balançoires, dans le jardin de la maison de maman. J'ai quatre ans, je porte une petite robe bleue. Ma sœur a huit ans, elle porte une jolie robe blanche. La même que j'aurai plus tard, sur la photo fétiche accrochée dans ma chambre.

— Tu ne trouves pas ça bizarre : ta sœur, on dirait moi !

C'est vrai, elles sont dangereusement semblables, je suis prise d'acouphènes, décidément Nina tarde à arriver, je commence à paniquer.

— Je ne comprends pas ce que tu cherches… Et puis je n'ai pas envie de parler, d'accord ?

— D'accord maman.

— M'appelle pas maman.

— Maman, maman, maman, maman.

— Arrête !

— Maman, maman, maman, maman.

Ma tête cogne à l'intérieur, un flash sature ma vue et voilà que l'écran de ma mémoire écrasée tombe, ma brume se dissipe, j'accède un instant à l'espace fracturé de mon enfance. Lever du rideau.

Je ne suis plus dans la voiture mais mentalement revenue dans ma petite chambre, chez maman, j'ai six ans. Je vois mon lit et en face celui de Rosalie, impeccable, tandis que le mien est défait, mes draps sont entortillés autour de mes jambes, je suis assise en chemisette. L'aube traverse la lucarne. Ma mère crie sur moi. Elle s'agite, exige que je porte la robe blanche de Rosalie, moi je ne veux pas. Ses grands gestes m'impressionnent, elle a ses yeux fâchés des mauvais matins, avec ses reflets de haine. Je sais qu'en refusant de la porter, je m'expose à des représailles : quand on ne lui obéit pas, ma mère « coupe les têtes » comme la méchante reine d'*Alice*. Elle est capable de ne plus me parler pendant plusieurs jours, parfois des semaines, pas un regard, fini, rayée de la carte, on n'existe plus et moi ça me bousille. Ma mère est redoutable. La seule manière de m'en protéger, c'est d'être d'accord, mais ce matin je ne suis pas d'accord, non, je n'ai pas envie de mettre la robe de ma sœur morte.

Maman enfonce violemment le col de la robe de Rosalie sur ma tête, attrape mes poignets, je me débats en donnant des coups de pied qui alertent mon père. Il rapplique, autoritaire.

— Qu'est-ce qui se passe ?…

Il réajuste sa ceinture en laissant planer une menace. Ma mère me dénonce, la cafteuse.

— Elle veut pas s'habiller !

— Sois gentille avec ta mère, c'est dur pour elle en ce moment. Tu obéis ou on te met à l'internat !

Il fixe maman d'un air qui ne plaisante pas, elle baisse le regard, soumise, *pas provoquer la colère, pas provoquer la colère.* Papa descend l'escalier.

— Mon café !

— J'arrive !

Elle jette la robe sur moi, je suis obligée de la passer maintenant. Elle descend en hâte, manquant de se casser la figure dans l'escalier, je reste seule, quoi faire ? Dix minutes plus tard, elle se plante devant moi, les mains sur les hanches, je capitule et me dépêche d'enfiler la robe blanche : elle est trop grande. Trop grande d'une taille. Moi, je ne suis pas Rosalie, je suis petite, je suis sa version rétrécie au lavage. Maman jubile et je sais pourquoi, elle va commencer le rituel. Elle s'approche, je dois me laisser faire, même si ça me dégoûte. Elle veut me coiffer, me transformer en elle. Je suis assise devant le miroir de ma chambre et je dois me regarder disparaître en reflet pour que Rosalie apparaisse. Maman me démêle longtemps les cheveux, elle sifflote, elle est contente, elle prend soin de me faire des couettes, moi qui déteste avoir les cheveux attachés. Elle choisit minutieusement la couleur des élastiques, ils tirent, ils me font mal, elle s'en fiche ; il faut que ça tienne, rafistoler.

— Voilà ça tient bien, fait-elle, satisfaite.

Je pleure. Je suis devenue identique à ma sœur, maman m'embrasse, je n'existe plus et ça lui fait tellement plaisir.

— Tu as faim ma chérie ? Je vais te préparer le petit déjeuner, viens.

Ce ne sont pas des questions, ce sont les protocoles du sinistre délire dans lequel je suis enfermée et qui commence quand nous sommes seules.

À la table du salon, au rez-de-chaussée, se tient une petite fille assise de dos, avec une robe blanche et des couettes : *c'est Rosalie !* je pense, enthousiaste. Dans la cuisine à côté, maman prépare un chocolat.

— Biiiien chaud, comme tu l'aimes ! dit-elle d'une voix aimante.

Et pour s'adresser à l'autre enfant, celle qui est restée à l'étage et ne veut pas s'habiller, maman garde sa voix sombre et lui crie, vulgaire :

— Dépêche-toi de descendre Emma, ne sois pas en retard à l'école !... Tu m'entends ?... Tu descends, oui !... Sinon tu restes ici toute seule aujourd'hui, et à Noël, les cadeaux : tintin ! Alors là, une petite fille comme toi j'en veux pas !

À table, la petite fille de dos sanglote dans sa robe blanche. Maman se baisse vers elle avec tendresse.

— Qu'est-ce qui se passe ma Rosalie, c'est parce que ta sœur fait son intéressante ?

Je ne réponds pas.

Je mets le contact, l'enfant se crispe, j'accélère, comme dans le final de *Thelma et Louise*, quand les deux amies en cavale traversent le désert jusqu'à la falaise : elles atteignent la limite et, acculées, décident de sauter dans le vide, dernière danse.

Nous sommes seules, on dirait, dans ce paysage cru, ce décor feutrine. Les rythmes mécaniques des essuie-glaces scandent le trajet d'un son étouffé. La buée collée aux fenêtres me bouche la vue, nous enferme, l'enfant suffoque, elle veut ouvrir sa fenêtre, sans succès.

— Sécurité enfant !

— On va où maman ? Hein ?... Tu peux ouvrir la fenêtre de mon côté ?

— C'est déjà ouvert, dis-je, même si c'est faux.

Elle se ratatine sur son siège, s'agrippe à sa ceinture, j'accélère encore, ce soir, je passe à l'acte. Elle pousse un petit cri en reconnaissant les lieux, je la ramène sur le parking de l'hypermarché, là où je l'ai trouvée, je veux rendre la poupée au magasin de jouets. Je me gare, j'efface la buée sur le pare-brise avec la paume de ma main.

— Prends ton temps et essaye de te souvenir. Elle est partie par où ?

Elle hurle, tape contre sa portière pour alerter les passants qui poussent leurs caddies autour de nous mais ne la voient pas, ne l'entendent pas.

— Au secours ! Au secours ! Laisse-moi sortir ! Aidez-moi !

— Très bien, je t'aurai prévenue.

Je redémarre, furieuse, elle supplie.

— Je n'ai rien fait, qu'est-ce que tu vas faire ?

— On n'a pas fini.

Nous filons sur des routes de plus en plus étroites et inhabitées. L'heure a dépeuplé la terre, je m'en fiche. Je me gare dans une ruelle en bordure de ville, je l'enferme dans la voiture.

— Attends-moi là.

Je m'éloigne et j'entre dans un commissariat. Quelques minutes plus tard, le gradé qui a pris ma déclaration m'escorte jusqu'à l'enfant. Il se penche gentiment vers elle.

— Bonjour, je suis le commissaire Berlioz, tu t'appelles comment ?

— Nina.

Lui et moi échangeons un regard entendu, un peu navré. Il la saisit fermement par le bras pour qu'elle ne s'échappe pas. Elle le suit, bon petit soldat.

— On va discuter un peu tous les trois.

Dès les premiers échanges, elle perd ses moyens face au commissaire. Elle peine à répondre aux questions, je vois son vrai visage, dissimulateur et pas fiable. C'est évident qu'elle couvre quelqu'un. Ses phrases sont incohérentes, elle n'est même pas capable de dire d'où elle vient, qui sont ses parents, quel âge elle a. Je vois aussi qu'elle cherche mon appui, mais je ne veux pas l'aider. Je suis furieuse. Et dire que cette enfant est la seule capable de me sortir de mon chagrin, si seulement elle voulait bien parler ! Je ne vois pas tout ce qu'elle est en train de faire pour me sortir de là justement. Sa manière de louvoyer dans ses réponses est une tactique pour retarder le moment où les flics vont se rendre compte que maman déraille, que maman est dangereuse, que tout à l'heure l'enfant s'est demandé si maman n'avait pas eu envie de les tuer toutes les deux en fonçant dans le ravin, terminer enfin son calvaire par un saut de l'ange. Le commissaire insiste encore pour connaître son identité et celle de ses parents, il veut voir des papiers que je n'ai pas. Elle se souvient que son père a oublié de lui reprendre sa carte vitale, elle la sort de la poche de son blouson, ça fait des mois qu'elle la traîne, depuis qu'elle a acheté de quoi soigner son hématome au genou. Elle tend sa carte au commissaire, il la déchiffre et se tourne vers moi, perplexe.

— Je ne comprends pas, c'est le même nom de famille que vous, madame.

J'acquiesce, sans mesurer qu'un silence inénarrable s'installe, la confiance vient de changer de camp.

— C'est votre fille ou ce n'est pas votre fille ?

— Cette enfant porte le nom de ma fille, comme vous pouvez le voir, mais ce n'est pas elle. C'est parce qu'elle se fait passer pour ma fille.

— Ah oui, et comment fait-elle ?

— J'aimerais bien le savoir justement !

— Est-ce que c'est vrai ce que dit cette dame ?

L'enfant ne répond pas, rougit, pose un pied sur l'autre, baisse la tête et fixe ses doigts enchevêtrés. Je m'obstine dans mes explications.

— Ma vraie fille n'est pas rentrée depuis le neuf novembre.

— Et c'est seulement maintenant que vous le signalez ?!!

— Arrête maman, s'il te plaît, tais-toi.

— Ne me touche pas !

— On se calme madame.

Le commissaire vient de percevoir les appels au secours dans le regard de l'enfant, il cligne des yeux inconsciemment en réponse, il sent que ce qui se passe est d'une gravité inédite.

— Avez-vous une photographie de votre fille madame ?

Je lui montre Nina. Le commissaire se fige, j'anticipe ses réticences.

— Oui je sais, personne ne me croit parce qu'elles se ressemblent, mais il y a une explication.

L'enfant prend sa tête entre ses mains, se cache le visage, je m'anime.

— Ma fille, *la vraie* je veux dire, a été remplacée la nuit du neuf novembre dernier par son sosie, désolée, il n'y a pas d'autre mot. Vous avez vu vous-même avec la photo comme c'est bien fait, c'est bluffant. Cette fille-là, qui est assise en face de vous, est une fausse.

Après un instant de sidération, le commissaire s'emporte.

— Ici, on prend au sérieux les disparitions d'enfants. Nous faire perdre notre temps est une infraction très grave. Un faux témoignage aussi.

— Je peux appeler papa ? demande l'enfant en se levant.

— Monsieur le commissaire, je ne mens pas, je vous jure, demandez à cette petite fille comment elle a atterri chez nous, vous verrez. Pour moi aussi, c'est incompréhensible. Pourtant il y a des coïncidences qui ne sont pas normales : le fait qu'elle ait disparu le même soir que ma fille par exemple… Il faut enquêter ! Ses parents doivent être morts d'inquiétude, il faut qu'elle retourne chez elle.

Quelques malentendus plus tard, Paul débarque dans la salle, livide, il attrape sa fille et l'éloigne de moi, je plaide encore ma cause à m'en briser la voix.

— Puisque je vous dis que j'ai trouvé cette fille sur le parking de l'hypermarché ! Ma Nina elle a les cheveux plus clairs, une voix un peu plus aiguë, elle est plus petite, elle m'a appelée tout à l'heure, elle est quelque part, dehors, à la merci de n'importe qui. C'est votre devoir de la protéger !

Paul ne me prend pas la main. Pourtant, il dit d'un ton anormalement tendre :

— Emma, arrête… allez… c'est fini… arrête.

Deux infirmiers entrent dans la salle, m'enserrent, je me

défends, ils sont robustes, ils m'expliquent qu'ils doivent m'emmener dans leur service psychiatrique.

— Vous n'avez pas le droit, lâchez-moi !

— Si, dans votre cas il y a internement à la demande d'un tiers.

Je regarde Paul, il camoufle son visage dans une main.

— Je suis désolé.

C'est lui qui m'a dénoncée, c'est lui qui me fait enlever. Je perds le contrôle, je l'insulte, l'enfant s'interpose entre moi et les infirmiers, les supplie de ne pas m'emmener, mais ils me traînent hors de la pièce et me forcent à entrer dans une ambulance aux gyrophares insonores, tombeau mobile, et j'entends l'enfant dire à Paul :

— Ça, papa, je ne te le pardonnerai jamais !

Je tressaille : cette voix, mon Dieu, cette voix, je la connais, je hurle son prénom, mais l'ambulance démarre et m'emporte loin de ma vie gâchée.

Le verdict est sans appel.

Au tribunal, je perds la garde de l'enfant.

Paul obtient le divorce.

Je dois passer plusieurs mois à l'hôpital, parmi les éconduits de l'existence.

Je suis déchue de mon rôle de mère.

Je ne peux plus voir l'enfant sans la présence d'un tiers.

J'ai perdu ma fille.

J'ai définitivement perdu ma fille.

Me voilà entrée dans une zone purgatoire : l'hôpital psychiatrique. Je longe des couloirs situés en parallèle de la réalité extérieure, je n'ai plus le droit d'avoir une identité sociale. Le jour, dans ces tranchées tristes, c'est l'enfer. Pendant des semaines, les médecins posent sur moi des vocables inquiétants, faits pour les rassurer, eux, d'avoir bien fait leur travail. Ainsi, ils nous rendent impatients, nous, leurs *patients*. Ils nous habillent de mémos techniques pour qu'on soit plus présentables, « en vue d'envisager un retour à la société, une réinsertion » : voilà une désignation qui déjà nous met tous à l'étroit. Ici, j'ai perdu mon nom, je suis étiquetée « la femme qui délire ». Je ne les écoute pas secouer leurs grelots : incapacité, abandon, danger pour elle-même et pour les autres, antidépresseurs, placement provisoire, tutelle, séparation pour le bien de l'enfant, pour le bien de l'enfant, le bien de l'enfant... Tout ce qui est dit sur moi omet l'essentiel où ça se joue : les bifurcations aléatoires, les interdits et les imprévus de la psyché, toutes les forêts qui sommeillent en chacun, ces inexplicables crépuscules qui créent nos paradoxes. Ils omettent de regarder en creux, vers l'élagué, le délicat. Ils me caricaturent, or je ne suis pas d'accord : je ne suis pas un danger, jamais je ne ferais de mal à ma fille.

À l'intérieur de ce néant où j'habite, de ce zéro primaire, je commence pourtant à trouver une place. Et une certaine paix. Parce que j'ai un secret. Dans ma chambre se trouve un téléphone avec un numéro associé pour me joindre. J'attends la nuit avec impatience, car chaque soir, la vie me fait un cadeau en garde alternée : Nina, la vraie, m'appelle. Voilà mon secret. J'entends sa voix et cela me suffit. Je ne lui pose pas de questions, j'accepte ce bonheur simple de la retrouver à travers ce fil, de serrer dans mon âme sa présence sonore. Nous avons de grandes conversations. J'essaye de lui transmettre mes valeurs, j'insiste sur ce qui m'est fondamental.

— Tu dois rester toi-même, ma chérie, tu es ta propre boussole. Quand tu es la seule à penser d'une certaine façon, c'est là qu'il faut du courage, je t'en donnerai, je te donnerai tout ce que j'ai, le courage c'est ça : y aller quand même, malgré la peur… créer tes propres règles, choisir à quoi dire oui, et à quoi dire non, décider en fonction de ton intelligence, pas de ce qui se fait. Ne vis pas pour faire plaisir aux autres. Ne vis pas pour obéir. Ce qu'on t'a appris, défais-le, refais-le à ta taille. Tu dois désobéir tu m'entends !… Je te demande pardon Nina, pardon d'avoir perdu le droit d'être ta mère.

Et c'est ainsi qu'on avance toutes les deux, prenant la vérité où elle se trouve, pas là où elle est autorisée.

De temps en temps le week-end, Paul emmène l'enfant me voir. Nous discutons tous les trois dans le jardin. Ils trouvent que je vais mieux, mais je ne leur dis pas mon secret. Le quotidien avec Paul me manque, mais j'ai compris que c'est irréparable. Heureusement, rien n'est figé. Dans cinq ans, une fois blanchie à l'hôpital, je serai délivrée. Je ne serai plus jamais « la femme de Paul », mais je pourrai reprendre mon existence d'avant. La seule place interdite restera celle de mère. L'enfant qui habite chez nous aura grandi, j'aurai fini par l'apprivoiser, par l'aimer telle qu'elle est. En fait, c'est comme si j'avais eu deux filles : une adoptée, l'étrangère – et celle que j'ai mise au monde, la vraie, avec qui je passe tant de temps au téléphone le soir. Quand j'entends sa voix je revis. Le reste du temps, je ne lutte plus contre ma maladie, je fais ce que je peux, j'ai conscience qu'elle aura emporté mon enfant dans la nuit et j'aime que la nuit me la restitue. Rien n'est définitif dans l'existence. On a la main ou bien on passe, *je passe, je passe*, je laisse faire, parfois je ne sais plus si je recule ou si j'avance, je ne sais plus très bien ce que je cherche à rejoindre, mais je sais une seule chose maintenant : il aura fallu marcher.

Marcher sur la crête du vrai, dans le rythme chancelant de la musique de mes neurones, gagner un tour de piste qui vaut plus que tous les impair et passe. Ne plus faire la différence entre sa carte mentale et le territoire, les perdre tous deux à petites foulées, marcher c'est se réparer. Et pour cela, je dois être seule. C'est mon rôle sur terre. N'emmener personne sur ce chemin-là. Revenir en arrière, refaire la boucle et, pendant ce temps, la boucler, car c'est incommunicable.

Dans cette nuit sans adresse, ce nocturne de l'illusion et des sosies, le temps pendouille. Ici, c'est le noir cerveau, je me sépare d'un passé imprescriptible. L'horizon est toujours abordable, mais trop loin, il est un azur sans suspens, un aplat devenu la Terre. Pour défaire les blessures à coup sûr et sans heurts, il faut ne connaître personne. Courir hors du langage, sans éviter les trous de mémoire. Elle reviendra à la fin, peut-être, elle aussi, la mémoire, car si c'est elle qui se troue, c'est en elle pourtant qu'a lieu le monde. Ce qu'il me reste à faire ? Traverser l'illusion jusqu'au bout. Ne pas croire ceux qui me disent qu'on y tombe, découvrir seule si j'y tombe, car si j'y tombe, assurément, ce sera vers le haut. Sans apesanteur. Et de cette hauteur où je serai tombée, je pourrai vous dire que le ciel est plat comme une orange, il n'est pas conforme, le ciel. Alors il me reste un dernier mouvement : ouvrir. Les yeux. Pour une première fois.

J'ouvre les yeux une première fois. J'ai parcouru toutes les échelles de cette maladie, solitude après solitude, jusqu'à la dernière, la septième. Il fallait monter la gamme jusqu'à l'octave, entrer dans la symphonie sans regrets qui dans son mutisme rassemble toutes les Babel. Et faire tomber le regard au fond de soi. Pour ouvrir. Les yeux. Une première fois.

Et voir.

Ce qui pèse aura suffi.

Aura fait son temps.

Ma mémoire se décharge brusquement du poids qui empêchait mes souvenirs de mourir. Il aura fallu qu'elle se perde totalement, à ne pouvoir se perdre un tout petit peu. *Et maintenant?* je demande… S'en aller. Trébucher dans la grâce comme on tombe amoureux, je n'ai plus peur.

On me croit égarée mais c'est une incompréhension de plus des traces que je sème, des migrants que nous sommes, crevant de vivre, rêvant de trop, écartelés entre ces deux terres que sont la mort et l'enfance, *je passe, je passe*, je n'ai pas la main cette fois, *je passe.* Je cherche les liens du pardon, je reviens à la surface de la vie, émergeant depuis des phrases nulles et non avenues. Tout cela à cause de *ce penchant, cette aspiration au vrai, au réel, au non apparent, au certain!* J'ai emporté avec moi un peu du *Gai savoir* de Nietzsche, qui tient la joie pour seule connaissance. Ma joie est ma demeure, *comme je leur en veux*, aux juges, de n'être pas capables de m'accompagner au-delà du bien et du mal, de refuser de passer avec moi dans le réversible… *Je voudrais me reposer mais il ne me le permet pas*, mon cerveau. Je suis arrivée *au fond de la septième solitude*, je dois encore marcher jusqu'à l'octave, sans patrie, *il me faut continuer à soulever le pied. Ce pied fatigué et blessé. Et comme il le faut, il m'arrive souvent de lancer un regard courroucé à la plus belle chose, qui n'a pas su me retenir – parce qu'elle n'a pas su me retenir.*

Pas su me retenir. Pas su me retenir. Pas su me retenir.

Un jour, ma fille a disparu dans la nuit de mon cerveau.

Composition : Entrelignes (64)
Achevé d'imprimer
par CPI Firmin-Didot
à Mesnil-sur-l'Estrée, en décembre 2022
Dépôt légal : décembre 2022
Numéro d'imprimeur : 172941

ISBN : 978-2-07-299485-2/Imprimé en France

545812